우주의 마법과 미친 가족과 나

THE INCREDIBLE MAGIC OF BEING
Copyright ⓒ 2017 by Kathryn Erskine
All rights reserved.
First published in the United States by Scholastic Press under the title
The Incredible Magic of Being.

Korean translation copyright ⓒ 2019 by Prunsoop Publishing Co., Ltd.
Korean translation rights arranged with Wernick & Pratt Agency, LLC.
through EYA(Eric Yang Agency).

이 책의 한국어판 저작권은 EYA(Eric Yang Agency)를 통한
Wernick & Pratt Agency, LLC.와의 독점 계약으로 (주)도서출판 푸른숲에 있습니다.
저작권법에 의하여 한국 내에서 보호를 받는 저작물이므로 무단 전재 및 복제를 금합니다.

우주의 마법과 미친 가족과 나

캐스린 어스킨 지음 · 전경화 옮김

푸른숲주니어

차례

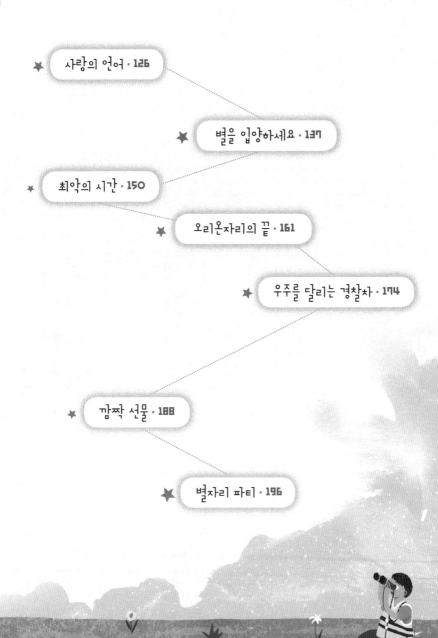

우리 누나는 블랙홀

마법은 우리 주변에 분명히 존재한다. 하지만 대부분의 사람들은 보지 못한다. 나도 그럴 때가 있다, 지금 이 순간처럼.

나는 지금 자동차 뒷자리에 찌그러져 숨을 헐떡대고 있다. 차창에 딱 달라붙은 채 되도록 블랙홀과 멀리 떨어지려고, 블랙홀에 빨려 들어가지 않으려고 안간힘을 쓰는 중이다.

블랙홀은 우리 누나다.

사람은 십 대가 되면 뇌가 폭발하는 모양이다. 푸키 누나는 대변혁을 일으켰다. 열두 살 때까지만 해도 지극히 정상이었는데, 열다섯 살인 지금은 틈만 나면 오랑우탄처럼 소리를 질러 댔다. 귀에는 늘 이어폰을 끼고 있었고, 집 안에서도 선글라스를 벗지 않았다.

화가 날 때는 자기만의 아지트로 사라지는데, 거의 매순간 화가 나 있었다.

"엄마! 조앤 아줌마! 줄리안한테 내 가방 좀 걷어차지 말라고 해 줘요, 좀!"

누나가 소리를 빽 질렀다.

"나, 안 찼거든?"

누나가 별게 들어 있지도 않은 자기 가방에서 내 발을 치우라고 소리쳤다. 사실은 발을 막 들어 올리려던 참이었다. 하필이면 그 순간에 딱 지적을 받은 거다.

엄마가 브레이크를 몇 차례 밟았다. 그건 제발 좀 그만 싸우라는 신호였다. 나는 속이 울렁거렸다.

"줄리안, 아들, 발 떠는 것 좀 참아 봐! 자, 호흡, 알지?"

조앤 아줌마가 뒤를 돌아보며 나를 향해 한쪽 눈을 찡긋했다.

나는 떨리는 다리를 잡아 누르고 숨을 아주 깊게 들이마셨다.

"차 속 공기 다 안 마셔도 되거든, 이 꼴통아."

누나가 짐짓 목소리를 낮추고서 쏘아붙였다.

나는 창문 쪽으로 몸을 더 바짝 기댔다. 블랙홀에 빨려들지 않으려고 이를 악물고 버티는 난쟁이별 같은 내 신세. 창문에서 시큼한 레몬 향이 났다. 레몬 향이 나는 휴지로 토사물을 닦아서 그런가 보다. 내가 어디어디서 토했더라? 델라웨어주, 뉴저지주⋯⋯. 아, 참, 코네티컷주에서도 그랬지.

하여간 자동차도 배도 다 싫다. 특히 배는 타 본 적도 없지만 상상만 해도 속이 뒤집어진다. 배를 탄다는 건 물에 빠져 죽을 위험까지 감수해야 한다는 거니까.

엄마는 멀미를 극복하려면 두려움을 없애야 한다고 했다. 그래서 나는 용돈을 모아 구명조끼까지 미리 사 입었다. 구글 지도로 찾아보니, 우리가 이사 가는 메인주의 집 바로 옆에 큰 호수가 있었기 때문이다.

누나는 나 같은 애는 돌연변이 생쥐처럼 칼텍(캘리포니아 공과 대학) 실험실에 처박아 놓고 철저히 연구를 해 봐야 한다고 말하곤 했다. 내가 열두 살짜리 또래 아이들에 비해 한참 비정상적이라고. 그러니까 우리 누나랑 이야기할 생각이 있는 사람이라면 누구든 마음을 단단히 먹기 바란다.

내 발이 또 가방을 툭 건드렸다. 누나가 제발 못 보기를 바랐지만 그건 집에 래브라도 리트리버를 감춰 놓고 엄마한테 안 들키기를 바라는 거나 다름없었다.

누나가 좌석 뒤편에 실린 내 천체 망원경을 가리켰다.

"한 번만 더 그래 봐! 저 지긋지긋한 망원경을 창밖으로 확 던질 테니까!"

나는 잽싸게 무릎을 세워 두 팔로 끌어안았다. 그러고는 숨을 깊이 들이마시며 누나 같은 초강력 블랙홀에게 바랄 수 있는 마법이 뭔지를 상기했다. 그건 우주에서 가장 밝은 별, 퀘이사를 뿜어내는 것이다. (블랙홀은 주변의 가스와 별을 빨아들일 때, 강한 마찰력으로 태양이 1000억 개 모인 은하보다도 100배나 밝은 빛을 뿜는 발광체를 만들어 낸다. 이를 퀘이사라고 한다.—옮긴이) 나는 내 눈앞에서도 그런 마법이 일어나길 간절히 기다렸다. 하지만 지금은 나 자신에게 '이제 그만 숨 좀 쉬자!'라고 다그치는 일이 더 급했다.

훅 하고 숨을 토해 내자, 누나는 마치 내가 쓸모없는 메시에 천체라도 되는 양 나를 향해 오랑우탄처럼 으르렁거렸다.

FART! … 메시에 천체

18세기 프랑스 천문학자인 샤를 메시에는 열정적인 혜성 사냥꾼이었다. 오죽하면 '혜성을 쫓는 족제비'라는 별명까지 붙었을까? 그런데 메시에는 종종 혜성이 아닌 성단·성운·은하 등을 보고 혜성이라고 착각했다. 그래서 실수를 줄이려고 혜성이 아닌 천체들을 일일이 적어 두었다. 그 결과, 100개가 넘는 천체를 기록한 '메시에 천체 목록'이 탄생했다.

새로 발견된 혜성에는 최초 발견자의 이름을 붙일 수 있다. 그건 바로 내가 꿈꾸는 일이기도 하다. 내가 혜성을 발견하면 사람들의 머릿속에 영원히 기억될 수 있을 테니까! 아, 참, 여기는 사실과 단상(Facts And Random Thouths)을 되는 대로 늘어놓는 코너다. 머리글자를 조합하면 FART('소리가 큰 방귀를 뀌다'라는 뜻-옮긴이)가 된다는 게 썩 마음에 든다!

모기장을 친 천문대

"너희 엄마가 절대로 허락 안 할걸?"

"아줌마가 엄마를 설득해 주세요. 저 밤하늘 좀 보세요. 천문대가 따로 없잖아요. 여기가 제 방이 되는 건 운명이라고요!"

나는 조앤 아줌마와 함께 새집 바로 옆에 서 있는 나무집에 올라가 있었다.

조앤 아줌마는 엄마가 내 문제로 조바심을 내거나 불안해할 때면 입으로 투투투투—, 하고 헬리콥터 돌아가는 소리를 내곤 했다. 물론 엄마가 한번 무섭게 쏘아보면 슬그머니 꼬리를 내리지만······.

"좋아, 꼬맹아! 노력은 해 볼게."

"야호!"

조앤 아줌마는 천체 망원경 설치하는 걸 도와주었다. 구급대원이기 때문일까? 무겁고 깨지기 쉬운 망원경을 아주 능숙하게 옮겨 주었다. 이 8인치짜리 돕소니언 천체 망원경이면 우주에서 최고로, 멋진 큰개자리는 물론이고, 메시에 천체 전부와 혜성까지 관측할 수 있다. 물론 그러기 위해서는 도시 밖에 산다는 전제가 필수다. 도시에서는 불빛 때문에 밤하늘에서 별을 보기가 매우 어렵다.

우리는 어제 워싱턴 디시의 집을 떠나 메인주에 있는 새집에 도착했다. 빛의 공해가 상대적으로 덜한 이곳에선 가족들에게 우주의 마법을 보여 줄 기회가 훨씬 더 많지 않을까? 내 말에 귀를 기울이게 할 방법만 찾는다면…….

천체 망원경은 마당 한가운데에 있는 모닥불 구덩이 옆에 설치했다. 엄마가 모닥불은 위험해서 피우지 않겠다고 했다. 대신에 그 자리에 천체 망원경을 설치할 수 있게 되었다. 참 잘되었다!

바로 밤하늘을 관측하고 싶었지만, 집 안으로 뛰어 들어갈 수밖에 없는 상황이 벌어졌다. 푸키 누나의 비명 소리가 들렸기 때문이다. 알고 보니 방 배치 때문이었다. 우리 남매에게 배정된 방은 욕실을 가운데 둔 채 양쪽으로 침실이 있는 구조였다.

누나 말에 따르면, 열다섯 살이나 된 여성에게 열두 살짜리 남동생과 욕실을 같이 쓰라고 하는 건 헌법 수정 제8조에서 언급하고 있는, 잔인하고 예외적인 범법 행위에 해당한다나 뭐라나?

"방이 안방하고 그 방밖에 없다니까?"

엄마가 부엌 조리대에 등을 기댄 채 고개를 빳빳이 들고 말했다.

"엄만 눈이 어떻게 된 거 아니에요? 저쪽에 방이 네 개나 더 있잖아요!"

"몇 번을 말해야 알겠니? 증축한 방들은 다 민박용이야. 손님을 받을 거라고."

나는 기회는 이때다, 싶어서 재빨리 끼어들었다.

"아, 전 일층 욕실을 쓸게요. 잠은 나무집에서 자고요!"

"나무집은 무슨! 절대로 안 돼. 위험하단 말야."

"보이시죠? 여기 보호자!"

나는 히죽 웃으며 구명조끼를 만지작거렸다. 하지만 엄마는 표정 하나 안 바꾸고 고개를 저었다.

"병균 옮기는 모기가 많아."

"아, 그건 그렇군."

조앤 아줌마가 엄마 말을 거드는가 싶더니, 더플백에서 레이스 커튼처럼 하느작거리는 천을 꺼내 들었다.

"짜잔, 여기 모기장. 소방서 직원들이 송별회 때 선물로 주더라. 모기 걱정 끝!"

"문제 해결!"

누나가 신이 나서 외쳤다. 엄마가 눈을 크게 뜨자 조앤 아줌마가 어깨를 으쓱했다. 그래도 엄마는 쉽게 넘어오지 않았다.

"나무판자가 썩었으면?"

"내가 위에 올라가서 뛰어 봤어. 멀쩡하던데?"

조앤 아줌마가 대답했다.

"자다가 굴러떨어지면?"

"난간이 둘러져 있어, 물론 튼튼하고."

"응급 상황이 생기면?"

"휴대폰을 곁에 두고 자면 되지."

엄마가 눈을 질끈 감았다.

"그럼, 올라가고 내려갈 때는 누군가가 꼭 지켜봐 주기로 하자."

조앤 아줌마가 나를 보고 한쪽 눈을 찡긋해 보였다.

그렇게 해서 나는 나무집에서 지내게 되었다. 엄마의 걱정 가득한 눈빛을 한 몸에 받으며 사다리를 타고 올라갔다. 엄마 뒤에서 조앤 아줌마가 나를 향해 고개를 끄덕이며 엄지를 추켜올렸다.

엄마가 집 안으로 들어간 뒤, 나는 곧바로 사다리를 타고 내려와 천체 망원경 앞으로 달려갔다. 빛의 공해라곤 한 점 없는 이 밤, 별들이 손에 잡힐 듯 가깝게 느껴졌다.

문득 2년 전에 국제 우주 정거장을 우주로 쏘아 올리던 날, 마을 사람들과 함께 바라본 밤하늘이 떠올랐다. 고작 4분간의 짧은 시간이었지만, 사람들은 광활한 어둠 속에 호를 그리며 사라져 가는 밝디밝은 별을 넋을 잃고 바라보았다. 별처럼 생긴 저 작은 물체 속에 사람이 타고 있다니…….

우리는 분명 그 4분간 서로서로 연결되어 있음을 느꼈다. 수줍게 손을 흔들며 "안녕, 여러분!" 하고 때 아닌 인사를 건네기도 했다. 모두에게 아주 특별했던 순간, 우리가 함께 존재하고 있음을 느꼈던 순간. 그 느낌은 결코 잊을 수 없을 만큼 아주 강렬했다. 나는 그때의 느낌을 영원히 간직하고 싶다, 내 목숨이 다한 뒤에도.

FART! ··· 우리는 별가루로 이루어져 있다

저명한 천문학자 칼 세이건이 말했다. "우리는 별가루로 이루어져 있다."고. 별은 수소와 헬륨으로 이루어져 있으며, 이 원자들이 결합하면 또 다른 원자, 즉 우리 몸을 이룬 것과 같은 원자가 만들어진다. 그래서 나는 사람이 죽으면 별이 된다고 믿는다. 칼 세이건은 이미 세상을 떠났으니 직접 물어볼 수 없지만 그 역시 별이 되지 않았을까?

사람은 죽으면 어디론가 떠나가야 한다. 질량 보존의 법칙에 따르면 물질은 사라지지 않고 형태만 바뀌는 법. 예컨대, 물주전자를 오래 끓이면 물이 증발해서 주전자 안이 텅 빈다. 물이 실제로 사라지는 게 아니라 수증기로 바뀌어 공기 중에 떠다니는 거다. 그래, 우주는 이렇게 마법으로 가득하다!

나는 죽으면 큰개자리, 즉 시리우스별이 되고 싶다. 개들과의 특별한 인연 때문이다. 개들은 나만 보면 신이 나서 달려든다. 혼비

백산한 주인이 목줄을 잡아당기며 안 된다고 고함을 치면 나는 이렇게 외치곤 한다.

"괜찮아요! 전 곧 죽어요! 죽고 나면 큰개자리로 올라갈 거예요! 이 개는 그걸 아나 봐요. 그래서 서로 끌리는 거지요!"

그러면 주인들은 개가 좋아라 하며 내 뺨을 핥아 대는 모습을 홀린 듯 가만히 지켜볼 뿐이다.

눈앞이 가물거릴 때까지 하늘을 올려다보다가 나무집으로 올라와 요가 매트 위에 누웠다. 나무집에서도 하늘이 바라다보였다. 그렇다. 이곳은 나만의 천문대였다, 모기장을 친 천문대……. 숨을 크게 들이쉬자 소나무가 많아서 그런지 크리스마스 향기가 났다.

그런데 호수에서 출렁대는 물소리가 몹시 거슬렸다. 기다렸다는 듯이 최악의 악몽이 떠올랐다. 첫날밤부터 익사하는 꿈을 떠올리다니! 화가 불쑥 치밀었다. 내가 생각하는 건 곧바로 현실이 되어 버리기 때문이다. 나는 구명조끼의 벨트를 꼭 조인 뒤, 일부러 두 눈을 크게 뜨고 별들을 쳐다보았다.

코끼리와 불청객

얼굴에 단단한 플라스틱 마스크가 씌워진다. 누군가 내 귓전에 대고 숨을 쉬라고 외친다.

"그러면 숨이 더 막힌다고요!"

나는 그렇게 말하고 싶어서 마스크를 벗어 던지려고 몸부림친다. 하지만 보이지 않는 손길이 내 몸을 꽉 붙잡은 채 얼굴 위로 마스크를 짓누른다. 세상이 흐릿해진다. 소리가 갑자기 커졌다가 점차 멀어진다. 사방이 암흑으로 변한다. 몸이 물속으로 가라앉는다.

또 악몽을 꾸었다.

모기장이 얼굴을 덮치는 바람에 겨우 깨어났다. 호수에서는 여전히 잔물결 소리가 울리고 있었다. 꿈에서 깨어난 뒤에도 한동안

숨을 쉬지 못했다. 나는 덜컥 두려워졌다. 호흡이 겨우 제대로 돌아온 뒤에는 마음을 굳게 먹었다. 악몽을 꾼 건 엄마에게 절대 비밀로 하리라고. 엄마가 이 사실을 안다면, 당장 나무집의 출입을 금지할 테니까.

반면에 조앤 아줌마는 내 어깨에 손을 올리고서 그게 뭐 별일이 냐는 듯, "무서웠겠네? 이제 괜찮니?"라고 할 거다. 그 한마디면 물소리에 겁을 내는 것도, 악몽을 꾸는 것도 지극히 자연스런 일로 바뀐다. 아줌마는 다음에 코스모스, 즉 우주 이야기를 끌어낼 것이다. 우주 이야기는 내 마음의 날을 무디게 만드니까.

나는 우주를 사랑한다. 또 개들을, 특히 래브라도 리트리버를, 이탈리아어를, 《해리 포터》를, 패션 후르츠 주스를, 음……, 아직 한 가지 동작밖에 모르지만 요가를, 마시멜로를, 돌들을, 세계 위생 문제를……. 그리고 그 밖의 다른 많은 것들을 사랑한다. 그 모든 것은 우주의 일부이고, 나는 우주가 더 많은 사랑할 거리로 가득 채워져 있다고 생각한다.

코스모스는 '우주의 질서'를 뜻하지만, 그렇다고 해서 우주가 질서 정연하다는 뜻은 아니다. 학교에서 흔히 보는 풍경처럼. 그래, 아이들은 줄지어 앉아 있어도 책상 밖으로 팔다리가 삐져나와 있다. 또 꾸벅꾸벅 졸거나 화장실이 급해 발을 동동 구르기도 한다. 그러다 쉬는 시간 종이 울리면 잽싸게 책상 밖으로 뛰쳐나간다. 그렇기는 해도 학교 담까지 뛰어넘는 일은 많지 않다.

때로는 갑작스런 사건이 벌어진다. 택배 트럭이 속도를 줄이지 않고 운동장으로 들어오면 신나게 뛰어놀던 아이들이 깜짝 놀라 사방으로 뿔뿔이 흩어진다. 하지만 종이 울리면 다시 교실로 우르르 달려갈 것이다. 이것이 바로 우주의 질서 정연한 혼돈이다.

우리 가족도 질서 정연한 혼돈 상태다. 새집에서 처음 맞이하는 아침……. 오늘도 변함없이 커피포트는 부글부글 끓을 것이고, 벽에 걸어 둔 가족사진이 우리를 내려다볼 것이며, 푸키 누나가 언제나처럼 짜증을 내면 엄마는 대화 주제를 다른 쪽으로 돌리려 애를 쓸 것이다. 푸키 누나한테 통할 리 없지만, 엄마는 계속 시도를 할 것이다.

그나저나 당분간 가족회의는 쉬면 좋겠다. 천문대에 간다거나, 이탈리아에 간다거나, 이번 주엔 저녁마다 마시멜로만 먹겠다거나 하는 근사한 안건이 있다면 모를까……. 장담하건대 그럴 가능성은 티끌만큼도 없다.

요즘 들어 내가 바랄 수 있는 최상의 가족회의 안건은 '그냥 심심해서!'다. 적어도 심심해서 모인다면 엄마와 누나가 서로를 물어뜯을 일이 없겠지. 생각이 거기에 이른 순간, 엄마의 목소리가 밑에서 훅 날아올랐다.

"줄리안! 어서 내려와. 가족회의 시작할 거야."

아씨우감마노! 가족회의 생각은 대체 왜 해 가지고…….

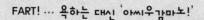

FART! … 욕하는 대신 '아씨우감마노!'

누구나 가끔은 욕을 하며 산다. 하지만 누가 듣는 데서 욕을 하면 상황이 악화될 뿐이다. 그래서 나는 틈틈이 욕을 대신할 수 있는 단어를 모아 두고 있다. '아씨우감마노'는 이탈리아어로 '수건'이라는 뜻인데, '씨' 자가 들어 있어서인지 욕설처럼 들린다. 혀 굴림도 찰지고. 다음에는 '문쉬파'라는 아랍어를 써 볼 셈이다. 역시 수건이라는 뜻이다. 아, 핀란드의 수도 '헬싱키' 도 추천한다. 입에 아주 착착 붙는다니까?

집 안으로 들어서자 커피 향이 가득했다. 커피를 내린 지 얼마나 된 걸까? 엄마는 오늘 무지 일찍 일어난 모양이다.

"다들 앉아 봐."

엄마가 숨을 크게 한번 들이쉬면서 말했다.

나는 그 틈을 놓치지 않고 내 원대한 계획을 들이밀어 보았다.

"오늘 밤, 우주를 감상하는 자리에 여러분을 초대합니다! 과연 큰개자리 시리우스별은 어디에?! 기대해 주세요!"

그때 어디선가 오랑우탄이 으르렁대는 소리가 들렸다. 긴 나무 의자 위에 쌓여 있던 담요 더미에서 흘러나온 소리였다. 당연히 푸키 누나였다.

"아들, 그 안건은 잠시 미뤄도 될까? 오늘은 평소와 다른 가족회의야. 당장 민박집을 열 준비를 해야 하거든. 자, 여러분 각자가 해 줄 일이 있어요."

엄마가 속사포처럼 말을 급하게 쏟아 내더니 푸키 누나의 등짝을 툭툭 두들겼다.

"딸, 어서, 정신 차리자! 이건 다 같이 꾸려 가는 가족 사업이야. 엄청 재밌을 거야."

"난 찬성한 적 없거든요?"

푸키 누나가 말했다.

"자꾸 이럴 거니? 이건 우리 모두를 위한 새 출발이야."

"하! 학교도 못 다니게 이 촌구석으로 데리고 온 게 날 위해서라고요? 더 이상 의사 노릇은 하기 싫고, 사차원인 아들이랑 홈스쿨링 좀 해 보고 싶었던 게 아니고요?"

"이 계집애가 또 시작이야!"

"여러분, 잠깐!"

조앤 아줌마의 우렁찬 한마디에 엄마와 누나가 입을 꾹 다물었다. 엄마 말로는, 조앤 아줌마가 한때 선원으로 일했다고 한다. 그건 아줌마가 우리 같은 일반인은 흉내도 못 낼만큼 무시무시한 욕을 마스터했다는 뜻이다.

아줌마 말에 따르면, 우리가 앞으로 지켜야 할 철칙은 단 두 가지였다.

① 언제든 손님을 맞을 수 있도록 집을 깨끗이 정리하기.
② 친절하고 행복한 민박집 만들기. 적어도 손님들 앞에서는 그렇게 보이도록 행동하기.

어느새 푸키 누나와 내 앞에는 각각 할 일을 적은 목록이 놓여 있었다. 회의는 그걸로 끝이었다. 엄마와 조앤 아줌마는 서둘러 집을 나섰다. 엄마는 민박업 허가증을 신청하기 위해서, 조앤 아줌마는 메인주 구급대원 면허증을 받기 위해서.

푸키 누나가 두 사람의 뒤통수에 대고 소리쳤다.

"저기요, 내 아빠한테 물어는 봤어요? 미성년자한테 일 시키려면 최소한 보호자 동의는 받아야 할 거 아녜요?"

어제만 해도 나는 푸키 누나가 블랙홀이라고 생각했다. 하지만 이제 보니 암흑 에너지에 더 가까운 것 같다.

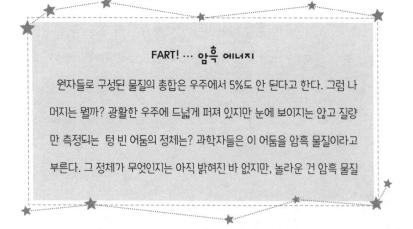

FART! ··· 암흑 에너지

원자들로 구성된 물질의 총합은 우주에서 5%도 안 된다고 한다. 그럼 나머지는 뭘까? 광활한 우주에 드넓게 퍼져 있지만 눈에 보이지는 않고 질량만 측정되는 텅 빈 어둠의 정체는? 과학자들은 이 어둠을 암흑 물질이라고 부른다. 그 정체가 무엇인지는 아직 밝혀진 바 없지만, 놀라운 건 암흑 물질의 총합이 우주의 4분의 1도 안 된다는 거다. 눈에 보이는 5%와 암흑 물질 25%. 합쳐 봤자 우주의 3분의 1도 안 된다. 그럼 나머지는 또 뭘까? 그건 암흑 에너지라고 부른다. 암흑 에너지는 세상 모든 히어로물에 등장하는 악당을 모아 결성한 은하계 최악의 초강력 악당 부대와도 같다. 즉, 우주를 어지럽히는 강력한 힘이다.

푸키 누나는 몸집이 크지도 않은데, 입만 벌리면 공간의 3분의 2 이상을 집어삼킬 만큼 강력한 암흑 에너지를 내뿜는다. 이 암흑 에너지의 원천은 코끼리다. 갑자기 웬 코끼리 타령이냐고?

여기서 코끼리란 '방 안의 코끼리'를 뜻한다. '방 안의 코끼리'란 사람들이 자기 앞에 놓인 문제를 두고 외면할 때 쓰는 말이다. 어마어마한 골칫덩이, 즉 코끼리가 방 한가운데를 떡 차지하고 있는데도 그 코끼리가 없는 듯이 행동하는 거다.

우리 집 코끼리는 푸키 누나의 아빠다. 누나는 자기 아빠가 누군지, 어디에 사는지, 어떻게 생겼는지도 모르면서 함께 살고 싶어 한다.

"내 아빠한테 물어는 봤냐고요?"

누나가 한 번 더 소리를 질렀다.

"아마 누나의 아빠는 평행 우주에 가 있을 거야."

내가 푸키 누나에게 말했다.

푸키 누나는 내 말을 무시하고 딴소리를 했다.

"내 물안경 봤냐?"

"물안경도 평행 우주에 가 있을걸?"

"죄다 평행 우주에 가 있으면 좋겠냐, 이 촌닭아?"

"꼭 그렇진 않아. 더 나쁠 수도 있어. 그건 다른 문제야."

"아! 좋은 생각이 났어. 너도 아예 평행 우주로 가서 살지 그래?"

"난 벌써 가 있어. 그런데 지금은 원래 있던 평행 우주에서 나와 다른 평행 우주로 갔을지도 모르고, 아님 복제된 내가 동시에 여러 군데에 가 있을 수도 있고. 완전 마법 같지?"

"못살아, 정말!"

푸키 누나가 오랑우탄처럼 괴성을 지르더니, 비치 타월을 집어 들고 쿵쿵대며 현관 계단을 내려갔다.

"누나, 우리 집안일 같이 안 할래?"

내가 누나 등에 대고 소리쳤다.

"내가 그렇게 호락호락할 줄 알고? 민박 사업은 엄마 생각이지, 내 생각이 아니거든!"

누나는 내처 호숫가로 달려갔다.

나는 홀로 남았고, 누나의 할 일 목록은 바닥을 나뒹굴었다. 별 수 없이 그 목록을 주워 들었다.

보자, 제일 먼저 할 일은 방 청소인데……. 허락도 안 받고 누나

방에 들어갔다가는 전기구이 통닭 신세가 될지도 모르니, 일단 패스! 그다음 할 일은 거실에 쌓인 누나 짐을 누나 방으로 옮기기. 이건 가능했다. 문턱에 서서 방 안으로 상자를 밀어 넣기만 하면 되니까. 방 안을 슬쩍 들여다보니 누나의 지론대로 침대를 제외한 나머지 부분은 잔뜩 어질러져 있었다.

누나는 종종 침대만 잘 정리하면 방 전체가 깨끗해 보인다고 억지를 부렸다. 침대 옆 탁자 위에는 역시나 빈 사진틀이 놓여 있었다. 전에 마트에 갔을 때 푸키 누나가 자기 아빠 사진을 넣겠다고 고른 액자였다. 하지만 누나에게는 아빠 사진이 없었다.

그다음 할 일은 머그잔이 든 상자를 풀어 찬장에 정리하기. 우리 집에는 머그잔이 어마어마하게 많았다. 엄마가 오로지 취미로 모은 것들이었다. 나는 머그잔을 모두 꺼내 피라미드처럼 차곡차곡 쌓았다. 곧 거대한 피라미드가 완성되었다. 마치 블록 쌓기 게임처럼 아슬아슬했다.

네 번째는 손님용 욕실에 욕실 용품 넉넉히 채우기. 수건걸이에 수건을 차곡차곡 걸었다. 맨 위 수건을 쓰면 바로 깨끗한 수건이 나오는 식이다. 하하, 나는 민박집 주인의 머리를 타고난 것일까? 열두 살 평생에 이토록 반짝이는 아이디어가 생각나다니……. 다음으로 변기 양쪽에 두루마리 휴지를 척척 쌓아올렸다. 휴지 기둥이 꽤나 마법적으로 보였다. 이제 우리 집 손님들은 그리스 아테네의 파르테논 신전에서 볼일을 보는 듯한 기분이 들겠지?

이어서 내 할 일 목록을 살펴보았다.

단 세 가지였다. 내 방 짐 풀기. 여기서 내 방은 나무집이 아니라 누나와 욕실을 같이 쓰는 위층 방을 뜻할 거다. 또 주인집 아들에게 어울리는 옷 찾아 입기. 다행히 구명조끼는 새것이니까 계속 입고 있어도 문제없겠고……. 마지막으로 자전거 조립하기.

엄마는 건강을 위해서 운동을 해야 한다고 강조하면서도, 늘 운동하다가 다칠 위험까지 미리 생각을 했다. 그래서 내 자전거는 실내용이었다. 어젯밤에 조앤 아줌마가 다 조립해 두었기 때문에 배터리에 선만 연결하면 되었다. 실내용 자전거에 웬 배터리냐고? 내 자전거는 페달을 밟으면 에너지를 발생시켜 불을 켤 수 있다. 멋지지 않나? 다리 힘으로 불을 켤 수 있다면, 마음의 힘으로는 무슨 일인들 못 할까?

자전거에 전선을 연결한 다음, 내 짐 상자를 정리하기 시작했다. 대부분의 상자는 옷장 안에 통째로 처박아 둔 뒤, 몇몇 상자는 풀어헤쳐 방바닥에 잡동사니를 늘어놓았다. 그제야 내 방답게 어수선해 보였다.

책이 든 상자도 풀어서 책장을 채웠다. 여기 있는 책들은 거의 다 푸키 누나가 적어도 한 번씩은 읽어 준 책들이었다. 밤에 내가 악몽에서 깨어나 잠 못 이룰 때, 푸키 누나는 졸린 눈을 부비고 일어나 책을 읽어 주곤 했다. 하지만 이제 누나는 더 이상 예전의 그 누나가 아니었다.

누나는 동화 속 주인공 흉내를 아주 잘 냈다. 매일 저녁 식사 시간에 우리는 이야기 속 주인공처럼 분장한 뒤, 엄마와 조앤 아줌마에게 우리가 누구인지 맞춰 보라고 했다. 두 사람은 우리 남매가 유모 노래를 부르면《메리 포핀스》를, 황금 티켓을 보여 주면《찰리와 초콜릿 공장》을, 커다란 털북숭이 발을 보여 주면《호빗》을 외쳤다.

하지만 잉크허트의 책은 끝내 알아맞추지 못했고, 그날 이후로 한동안 조앤 아줌마가 엄마에게 큰 소리로 잉크허트 책을 읽어 주었다. 요컨대 동화책 주인공으로 분장하는 것은, 책 읽기에 게으른 사람들에게 책을 읽게 하는 아주 좋은 방법인 셈이었다.

그 시절, 우리 남매는 자석처럼 딱 붙어 다녔다. 지금은 꿈도 못 꿀 일이지만……. 그래서 나는 다시 평행 우주 속의 친구를 사귀는 데 몰두해야 할지도 모른다.

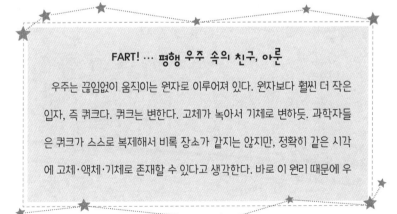

FART! … 평행 우주 속의 친구, 아룬

우주는 끊임없이 움직이는 원자로 이루어져 있다. 원자보다 훨씬 더 작은 입자, 즉 쿼크다. 쿼크는 변한다. 고체가 녹아서 기체로 변하듯. 과학자들은 쿼크가 스스로 복제해서 비록 장소가 같지는 않지만, 정확히 같은 시각에 고체·액체·기체로 존재할 수 있다고 생각한다. 바로 이 원리 때문에 우리는 평행 우주에 존재할 수 있는 것이다. 사실 나는 아직 평행 우주를 완벽하게 이해하지 못했다. 뇌가 덜 발달했기 때문일까?

평행 우주 속의 내 친구 아룬은 뭄바이에 살고 있다. 내가 워싱턴 디시에서 택시를 타던 바로 그 시각에 아룬도 뭄바이에서 택시를 탔다. 내가 탄 택시는 안전벨트가 고장났고, 아룬이 탄 택시에는 안전벨트가 아예 없었다. 우리는 도로를 광속으로 질주하는 택시를 타고 있는 악몽 같은 시간 내내 서로 이야기를 주고받았다. 물론 각자의 머릿속에서. 바로 이런 게 평행 우주에서 친구와 할 수 있는 일이다. 그렇지 않고 자신의 우주에서만 살다간 늘 긴장하게 될 테니까.

장담하건대, 아룬과 나는 언젠가는 만나게 될 거다. 어쩌면 공항의 인파 속에서 옷깃을 스치고 잠시 걸음을 멈춰 눈을 마주칠지도 모른다. 비록 우리가 처음 만난 곳이 어딘지는 기억하지 못해도, 미소와 함께 가벼운 고갯짓으로 인사를 나누고 각자 비행기에 오를 거다. 기내에 들어와 자리에 앉으면, 우리가 어릴 때 동시에 탔던 택시를 떠올릴 거다.

경이로 가득 찬 미소를 짓고 있을 때, 스피커에서 '비행기가 곧 이륙할 예정이니 안전벨트를 매십시오.'라는 방송이 흘러나오면 픽 웃음이 터지겠지. '맙소사, 그래, 안전벨트!'라면서. 그러면 옆자리 승객은 우리를 이상하다는 듯 쳐다보겠지만, 그런 사람들에게는 미소를 살짝 지어 보이면 그만. 우리는 이상한 게 아니라, 마법을 경험하고 있으니까.

푸키 누나 생각을 하자, 갑자기 슬퍼져서 서둘러 책장 정리를 끝냈다.

이제 손님맞이용 옷을 골라 입자! 나는 옷장 속에 쌓아 둔 상자 중에 '줄리안의 보물 : 옷'이라고 적힌 상자를 끄집어냈다. 거기에는 엄마가 '너무 사랑스러워서' 죽어도 버릴 수 없다는 내 아기 때 옷가지가 들어 있었다.

조앤 아줌마네 직장 동료 장례식에 입고 갔던 검은색 재킷과 회색 울 바지도 있었다. 그 옷을 입으면 나는 마치 호그와트 교복을 입은 듯한 착각이 들어서 기분이 좋았다. 어디 기분 좀 내 볼까? 회색 울 바지를 입어 보니, 허리는 딱 맞았지만 기장이 7센티가량 짧았다.

엄마와 조앤 아줌마가 집에 돌아왔을 때, 나는 손님맞이용으로 고른 옷으로 이미 갈아입고 있었다. 엄마는 행복한 얼굴로 면허증을 흔들며 차에서 내리다가, 어느 순간 웃음기를 싹 거두었다. 내 반바지가 맘에 안 든 걸까?

"바지가 짧아져서 반바지로 만들었어요."

"어서 가서 누나 좀 데려와."

아, 엄마가 뒤늦게 푸키 누나를 발견한 모양이었다. 호수 선착장에 누워 빈둥거리고 있는 푸키 누나를. 나는 장례식 때 입었던 복장으로 호숫가에 가고 싶지는 않았지만, 엄마의 매서운 눈빛으로 보아 그런 말을 꺼낼 상황이 아닌 것 같았다.

호숫가에 가 보니, 푸키 누나가 입가에 침이 질질 흐르는 줄도 모르고서 잠꼬대를 하고 있었다. 나는 누나의 말을 끊고 싶지 않았지만, 엄마가 지구의 궤도를 이탈하게 놔둘 수는 없었다.

"안녕, 누나?"

푸키 누나는 얼른 입을 다물고 입가의 침을 닦았다.

"상상 친구랑 이야기하는 건 얼마든지 좋아. 누나의 두려움이나 외로움을 달래 주니까."

"노래 부르고 있었거든, 촌닭아!"

푸키 누나가 몸을 확 일으키더니 나를 빤히 쳐다보며 물었다.

"그 옷은 뭐냐?"

"주인집 아들내미 패션."

푸키 누나는 자리에서 일어나더니, 비치 타월을 집어 들고 집을 향해 냅다 뛰었다.

"엄마! 조앤 아줌마! 쟤, 대체 뭘 입은 거예요? 멍텅구리 구명조끼로는 부족하대요?"

내가 부엌에 도착했을 때, 조앤 아줌마는 손으로 관자놀이를 문지르고 있었다. 내가 봐도 머리가 아플 만했다.

"너, 이 계집애야. 맡은 일은 하나도 안 하고 호숫가에서 빈둥거리기만 하고. 그동안 동생이 네 몫까지 다 했잖아!"

엄마가 누나에게 앙칼지게 소리를 질렀다.

그때였다.

"실례합니다."

갑자기 들려온 낯선 사람의 목소리에 우리 네 사람은 일제히 고개를 돌렸다. 현관에 황갈색 양복을 입은 키 큰 금발머리 아저씨가 서 있었다.

"저건 뭐지요?"

그 아저씨가 우리 집 왼편의 증축 건물을 가리키며 말했다.

"그쪽이야말로 누구신데, 우리 집 현관에 서 계시죠?"

조앤 아줌마가 신경이 곤두선 목소리로 물었다. 조앤 아줌마는 가끔 이렇게 듣는 사람의 가슴이 뜨끔해질 만큼 몹시 퉁명스러워지곤 했다.

"저는 헤일입니다. 변호사지요. 옆집 시아치타노 씨가 제 고객이고요. 누가 이 집에 증축을 허가해 줬나요?"

"증축하면 안 되는 이유라도 있나요?"

조앤 아줌마가 양쪽 허리춤에 손을 짚고 되물었다.

"이곳 메인주에서는 법으로 금지되어 있습니다."

"죄송한데, 무슨 말씀이신지 통 못 알아듣겠는데요."

엄마가 현관문을 열며 말했다.

변호사 아저씨가 심호흡을 크게 한 다음, 안으로 쑥 들어왔다.

"그러니까, 저기 저 증축 건물은 제 고객인 시아치타노 씨의 조망권을 침해하고 있습니다."

"조망권이요?"

엄마가 되물었다.

"네, 호수 쪽 전망에 대한 조망권이요. 당신네가 증축한 건물이 제 고객의 전망을 완전히 가로막았어요."

"이 집을 판 사람이 그 집엔 아무도 안 산다고 하던데요."

"글쎄요, 제 고객의 집입니다만. 일 년의 대부분을 플로리다주에서 지내느라 잠깐씩 머물러서 빈집이라고 생각했나 보군요. 줄리아, 아, 그러니까 그분의 아내가 돌아가셨거든요."

'줄리아'라고? 변호사 아저씨의 입에서 그 이름이 튀어나온 순간, 엄마가 가쁜 숨을 몰아쉬며 나를 한번 쳐다본 뒤 얼른 다른 곳으로 시선을 돌렸다.

나는 엄마가 무슨 생각을 하고 있는지 단박에 알아차렸다. 나 역시 엄마와 같은 생각을 하고 있었으니까. '줄리아'라는 이름을 가진 사람이 죽었다. 내 이름과 비슷한……

"대부분의 시간을 플로리다에서 지낸다면서 조망권에는 왜 신경을 쓴대요?"

푸키 누나가 끼어들었다.

"그분의 아내가 호숫가 전망을 무척이나 좋아하셨거든요."

"그분은 돌아가셨다면서요!"

푸키 누나가 또다시 끼어들었다.

"푸키!"

엄마가 푸키 누나에게 주의를 주었다.

"혹시 심장 마비였나요?"

나는 호기심을 누르지 못한 나머지, 구명조끼를 꽉 움켜잡고 물었다.

엄마의 숨소리가 거칠어졌다.

"아니, 암이었단다."

변호사 아저씨가 왜 화제를 바꾸려고 하냐는 듯 나를 쳐다보며 말을 이었다.

"어쨌든, 조망권 침해는 매우 큰 문제입니다."

나는 엄마와 눈이 다시 마주쳤다. 우리에게 큰 문제는 그런 게 아니었다. 채 십 대도 되기 전에 수차례 수술을 받아야 하는 일이라면 모를까.

"우리가 어떻게 하면 되는데요?"

잠시 정적이 흐른 뒤, 엄마가 마른침을 삼키고서 입을 열었다.

"증축한 부분을 철거해 주세요."

"뭐라고요!"

조앤 아줌마의 언성이 높아졌다.

"법 위반은 둘째 문제입니다. 저 호수는 시아치타노 씨 부부를 연결해 주는 유일한 끈입니다. 시아치타노 씨는 아내를 잃은 상실감으로 지옥 같은 하루하루를 보내고 있어요. 저 호수마저 빼앗긴다면 그대로 무너져 버릴 겁니다."

엄마가 또다시 나를 쳐다보았다. 나는 엄마에게 괜찮다는 듯 애써 미소를 지어 보였다. 엄마도, 이웃집 할아버지도 잊지 말아야할 것이 있었다. 줄리아라는 사람, 그러니까 줄리안과 발음이 비슷한 사람은 비록 죽었지만 남은 사람은 계속 살아가야 한다는 것.

이유는 딱히 없었다. 그냥 그래야 하는 것일 뿐. 그런데 가슴이 뭔가에 짓눌리는 듯한 느낌이 들면서 서서히 숨이 막혀 왔다. 가슴 속 깊숙한 곳에서부터 슬픈 신음 소리가 목구멍을 타고 올라왔다. 심장이 울고 있기 때문일 것이다.

이제 심장은 쿵쾅쿵쾅 뛰기 시작했다. 어찌나 크게 뛰던지 내 귀에 다 들릴 정도였다. 이토록 세차게 뛰는 건 내 심장에 결코 좋지가 않았다. 그래서 이번엔 머릿속으로 읊조리기 시작했다. 살아야해. 옆집 할아버지에게 하는 말인지, 나 자신에게 하는 말인지는 알 수 없었다.

나는 마음을 진정시킬 때 같은 말을 반복하는 버릇이 있다.

'살아야 해, 살아야 해. 넌 살아야 해.'

은하가 충돌할 때

변호사 아저씨가 다녀간 뒤 집 안에는 한동안 정적이 흘렀다.

"다 끝났네요. 도로 짐 싸서 집으로 돌아가죠, 뭐."

맨 먼저 정적을 깬 사람은 푸키 누나였다.

"우린 집 팔았잖아. 이젠 그 집으로 돌아갈 수 없어."

나는 마음속으로 읊조리던 주문을 멈추고서 대답했다.

"다른 집 얻으면 되거든, 이 멍청아. 아, 진짜!"

"동생한테 멍청이가 뭐니? 그리고 줄리안 말이 맞아. 우린 돌아갈 수 없어. 워싱턴 디시에다 다시 집을 얻을 여유는 없거든."

그 말에 누나가 엄마를 째려보았다.

"그게 무슨 말이에요?"

"돈을 몽땅 이 민박집에 털어 넣었거든."

조앤 아줌마가 대답했다.

"그럼 이 집 팔고 가면 되겠네, 뭐."

푸키 누나가 툴툴거리자, 조앤 아줌마가 한숨을 푹 내쉬며 자리에 앉았다.

"누가 이 집을 사겠니? 민박업을 못 하게 된 민박집을?"

"그럼 우린 꼼짝없이 여기에 묶여 있어야 한단 말인가요? 참 자알됐네요! 엄마랑 아줌만 어른이잖아요! 뭐가 최선인지도 알고! 이제 어떻게 할 거예요, 네?"

푸키 누나가 거침없이 퍼부어 대자, 엄마는 조앤 아줌마를 맥없이 바라보았다.

"잘되겠지."

우리는 잘 알고 있었다. 도무지 수습될 기미가 보이지 않는 위기 상황일 때, 조앤 아줌마가 꼭 저렇게 말하곤 한다는 걸.

"애들아, 잠깐 밖에 나가 있을래? 이 문제는 엄마랑 아줌마랑 둘이서 의논을 좀 해 봐야 할 것 같다."

푸키 누나가 내 구명조끼를 틀어쥔 채 현관 밖으로 끌고 나갔다. 앞마당을 성큼성큼 가로지르니 어느새 옆집 앞이었다. 누나가 걸음을 뚝 멈추었다.

"네가 그 할배한테 가서 말 좀 해 봐."

"뭘? 왜?"

"왜냐고? 넌 불쌍해 보이니까."

"그게 대체 무슨 소리야?"

"구명조끼에 이상한 반바지를 입고 있잖아. 내 말 믿어. 너, 지금 엄청 불쌍하게 보여."

"찾아가서 뭘 어쩌라고?"

"증축한 건물을 철거하면 우린 노숙자가 될 거라고 말해."

침이 꼴까닥 넘어갔다. 나는 손가락으로 구명조끼에 달린 끈을 돌돌 말았다.

"조앤 아줌마가 구급대원 일을 계속하시겠지."

"그것만으로 우리 네 식구가 먹고살 수 있을 것 같아? 그리고 엄마는 민박집 주인이 되기를 간절히 바랐잖아. 이제 홈스쿨링을 시작할 거라면서. 왜 너한테 홈스쿨링을 시키려고 하냐면……. 그래, 사실은 사실대로 인정하자. 넌 사회 부적응자라서 학교생활에 절대 적응하지 못할 거거든."

"잘 적응할 수 있거든!"

하지만 누나 말이 맞을지도 몰랐다.

"아까 조앤 아줌마가 하는 말 들었지? 잘될 거라는 말. 너도 그 말뜻 알잖아."

나는 누나에게서 시선을 돌린 채 잠자코 있었다.

"줄리안, 넌 항상 다른 사람들을 행복하게 해 주려고 노력하는 애잖아."

"그거야 그렇지만!"

"그러니까 얼른 갔다 와!"

나는 구명조끼를 꽉 움켜잡고 느릿느릿 걸음을 옮겼다. 집 앞 우편함에는 'X. 시아치타노'라고 적혀 있었다. 2학년 때 이름이 Y로 시작하는 음악 선생님이 있었는데, 너무 길다고 애들이 그냥 와이 선생님으로 불렀다. 그래서 나는 옆집 할아버지를 엑스 할아버지로 부르기로 했다.

한참 동안 현관문 앞에서 서성였다. 도저히 벨을 누를 용기가 나지 않아서 집 뒤편 테라스로 살금살금 가 보았다. 테라스에 달린 유리문 너머로 집 안이 훤히 들여다보였다. 실내가 어두컴컴했지만 성모 마리아를 그린 그림은 눈에 쏙 들어왔다. 머리 뒤에서 번쩍번쩍한 후광이 쏟아져 나오고 있어서 그런 모양이었다. 성모 마리아가 나를 향해 보일 듯 말 듯한 미소를 지었다. 나도 미소로 답하며 손을 흔들었다. 일단 여기까지는 그런대로 일이 잘 풀렸다.

벽에는 그림이 잔뜩 걸려 있었는데, 대부분 개를 그린 것이었다. 게다가 그 개는 검정색 래브라도! 내가 제일 좋아하는 종이었다. 이 또한 좋은 징조였다.

여자를 그린 그림도 있었다. 엑스 할아버지의 아내인 줄리아인 걸까?

그 밖에 커다란 배를 그린 그림도 몇 장 있었는데, 눈길이 닿기가 무섭게 시선을 돌렸다. 배는 보기만 해도 멀미가 났다.

그러다 문득 커다란 액자에 담긴 노부부의 사진을 보게 되었다. 엑스 할아버지는 입가에 주름이 자글자글했다. 하지만 어깨를 뒤로 확 젖힌 꼿꼿한 자세나 숱이 풍성한 눈썹 밑으로 카메라를 똑바로 응시하는 눈빛을 보면, 엑스 할아버지가 꽤 행복한 사람이었다는 사실을 짐작할 수 있었다.

할머니는 즐거운 웃음을 띤 얼굴로 남편의 가슴에 머리를 기댄 채 두 팔로 남편의 허리를 안고 있었다. 할아버지의 팔은 아내의 어깨를 다정하게 감싸고 있었다. 마치 한 쌍의 십 대 커플 같았다.

하지만 이제 엑스 할아버지네 집은 죽은 자들로 가득했다. 할머니도, 성모 마리아도, 그리고 개도 이 세상을 떠난 지 오래겠지……

"저녁 먹자!"

그때 엄마가 외쳤다.

휴, 다행이다. 나는 아직 불쌍해 보일 준비가 되지 않았다.

"안녕히 계세요, 성모 마리아님. 개야, 그리고 할머니."

나는 나직이 작별 인사를 하고 발길을 돌렸다.

푸키 누나가 부엌 입구에 서서 나를 기다리고 있었다.

"얘기해 봤어?"

누나가 목소리를 낮추고 물었다.

"아니, 그림이랑 사진만 보고 왔어……"

나도 쉬쉬하는 소리로 대답했다.

"못살아, 진짜!"

"무슨 일 있어?"

엄마가 식탁에 샐러드를 내려놓으며 물었다. 나는 얼른 다른 화제를 꺼냈다.

"참! 아침에 미룬 얘기 있잖아요. 우리, 오늘 저녁 먹고 천체 망원경 앞에서 만날까요?"

"꼬맹아, 오늘 밤은 시간이 없을 것 같구나. 엄마랑 나는 조망권과 재산권법에 대해 알아봐야 해서 관공서에 다녀와야 해."

조앤 아줌마가 말했다.

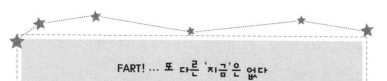

FART! ... 또 다른 '지금'은 없다

어른들은 자주 "지금은 시간이 없다."고 말한다. 하지만 시간은 무한하다. 우리가 어떤 선택을 하느냐에 따라 결과가 달라질 뿐이다. 물리학자 줄리안 바버는 "시간은 환상에 불과하다."고 말했다. 서로 다른 지금이 무수히 존재할 뿐 우리가 흔히 생각하는 과거와 현재, 미래로 이루어진 시간은 존재하지 않는다는 거다. 그래, 지금이 바로 우리가 함께하고 있는 유일한 지금일지도 모른다. 어쩌면 또 다른 지금은 없는지도…….

"전 내일 밤도 괜찮은데요?"

나는 푸키 누나의 눈치를 살피며 물었다. 누나가 짜증난 눈빛으로 날 째려보았다. 그건 누나가 최소한 내 말을 듣기라도 했다는 뜻이다. 반면에 엄마와 조앤 아줌마는 계속해서 둘만의 대화를 주고받았다.

"변호사가 필요해. 이번 일은 우리가 싸워 보자고."

조앤 아줌마가 말했다.

"시간이 얼마나 걸릴지 모르니까 당장 방을 내놓기는 해야겠어. 차일피일 미루다간 민박은 영영 물 건너갈 거야."

엄마가 말했다.

"일단 관공서에 가서 우리한테 남은 시간이 얼마나 되는지 알아보자. 나는 물리치료사 일자리도 좀 찾아볼게."

"이젠 얼굴 보기 힘들어지겠네?"

그때였다. 푸키 누나가 두 사람의 대화에 불쑥 끼어들었다.

"그렇네요!"

그러더니 영화 배우처럼 초콜릿 우유잔을 식탁 위에 탁 내려놓고 선언을 했다.

"당분간 절 보기 힘드실 거예요. 드라마 캠프에 참가할 테니까. 집 문제는 두 분이 알아서 해결하시면 되겠네요."

엄마와 조앤 아줌마가 서로를 쳐다보았다. 엄마가 흠흠, 하고 목청을 가다듬었다. 아, 이런, 이런…….

"딸, 미안하지만 우리 형편이 좀……. 이번 드라마 캠프는 취소해야 할 것 같구나."

"뭐라고요!"

"당분간만 미루자. 우리 문제가 어떻게 될지 윤곽이 잡힐 때까지만이라도."

"이건 부당해요! 아빠라면 취소하지 않았을걸요?"

"암, 암 그러시겠지."

조앤 아줌마가 중얼거렸다.

"아마 올여름이 끝날 때쯤이면……."

푸키 누나가 엄마의 말허리를 잘랐다.

"여름이 끝날 때쯤이면 전 아마 사라지고 없을걸요!"

푸키 누나가 기다란 나무 의자에서 벌떡 일어났다. 그 바람에 그 의자의 반대쪽 끝에 앉아 있던 나는 뒤로 넘어질 뻔했다.

"엄마, 미워! 셋 다, 미워! 그 할배도 콱 죽어 버리면 좋겠어!"

푸키 누나가 이층 계단으로 뛰어 올라가며 소리쳤다.

남은 식사 시간은 꽤나 조용했다. 어쨌거나 나는 배가 고프지 않았다.

엄마가 나를 나무집에 데려다주었다. 내가 나무집으로 올라가는 것을 지켜보면서 엄마가 눈물을 훔쳤다.

"푸키 누나요, 찾아보면 무료로 하는 캠프도 있을 거예요."

엄마가 손가락으로 머리카락을 쓸어내리며 말없이 웃었다. 저 웃음은 울음을 참을 때 짓는 억지웃음이었다.

만일 민박집 운영이 어렵게 되면 엄마는 다시 직장을 구해야 할 거다. 하지만 병원으로는 절대로 돌아가지 않겠다는 게 엄마의 고집이었다. 그 아기가 엄마 잘못으로 죽은 게 아닌데도 엄마는 큰 충격에 휩싸였다.

엄마는 늦은 나이에 의과 대학을 다녔고, 그때 받은 학자금 대출이 아직도 많이 남아 있었다. 조앤 아줌마도 그 돈을 갚아 줄 여유는 없었다. 엄마는 아마도 연중무휴 24시간 영업을 하는 맥도날드에서 일을 하고, 나는 중학교에 다니게 되지 않을까?

한동안 가족들에게 큰개자리를 보여 주기는 어렵겠다. 너무 늦어지면 안 되는데. 나는 마음을 진정시키려고 자리에 누워 메시에 천체를 세기 시작했다. 안드로메다 은하인 M31에 이르렀을 때, 문득 우리 가족과 엑스 할아버지의 관계가 우리 은하와 안드로메다 은하의 관계와 닮았다는 사실을 알아차렸다.

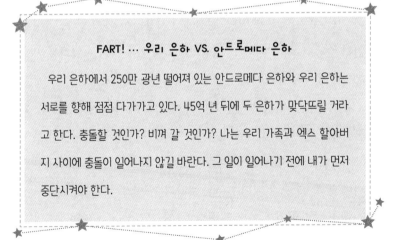

FART! … 우리 은하 VS. 안드로메다 은하

우리 은하에서 250만 광년 떨어져 있는 안드로메다 은하와 우리 은하는 서로를 향해 점점 다가가고 있다. 45억 년 뒤에 두 은하가 맞닥뜨릴 거라고 한다. 충돌할 것인가? 비껴 갈 것인가? 나는 우리 가족과 엑스 할아버지 사이에 충돌이 일어나지 않길 바란다. 그 일이 일어나기 전에 내가 먼저 중단시켜야 한다.

나는 오랫동안 잠을 이루지 못하자 명상을 시도해 보았다. 본래 명상은 마음을 비우고 아무것도 보이지 않는 상태가 되기 위해서 하는 것이다. 하지만 명상을 하려고 눈을 감으면 자꾸만 무언가가 보였다. 평소와 다름없는 사람이나 사물이 아니라 전혀 의외의 것들이……. 이를테면 이런 것이다.

조앤 아줌마의 깨끗한 구급낭 안에는 술병이 가득 들어 있다. 빈 병도 있었고, 절반쯤 채워져 찰랑대는 병도 있었다. 언젠가 쇼핑 센터에 갔을 때, 잠시 한눈을 팔다가 그만 엄마를 놓쳐 버렸다. 나는 길을 헤매고 다니던 끝에 주류 판매대 한쪽 구석에 우두커니 서 있는 조앤 아줌마를 보았다. 아줌마가 술을 마시는 사람도 아닌데, 왜 주류 판매대 앞에 서 있었는지는 도무지 모르겠다.

엄마의 마트 쇼핑백에는 마트에서 산 새 물건이 아니라 버리지 못한 잡동사니만 가득했다. 늦깎이로 딴 의대 졸업장, 유효 기간이 지난 쿠폰, 소화제 빈병, 병원에서 사용하는 아기 담요, 나에게 읽어 주었던 책. 거기다 그 쇼핑백이 재활용이 어려운 일회용 비닐 봉투이기 때문에 느끼는 양심의 가책까지…….

푸키 누나의 가방은 사실 가방이 아니다. 마녀의 가마솥이다. 희한하게도 안은 텅 비어 있었다. 그런데도 무쇠로 만들어져서 무척 무거웠다. 그런 걸 메고 다니려면 고개를 앞으로 푹 숙이고 팔짱을 껴야 했다. 그 모습은 평소 푸키 누나가 걷는 자세이기도 했다.

엑스 할아버지의 가방은 어떨까? 잘 모르겠다. 하지만 그 가방에서는 지독한 슬픔이 느껴졌다.

밤늦도록 정신이 말똥말똥해서 자리를 박차고 일어났다. 잠시 동안이라도 천체 관측을 하면 잠이 오지 않을까? 우주는 언제나 마음을 진정시켜 주니까. 사다리를 타고 내려가는데, 갑자기 옆집 현관에 반짝 불이 들어왔다.

나는 아까 갔던 뒤쪽 테라스로 살금살금 다가가서 유리창 안쪽을 들여다보았다. 거실 안쪽의 인기척을 살피는데, 등 뒤에서 크흐음 하고 목 긁는 소리가 났다. 순간 나는 그대로 얼어붙었다.

"웬 꼬마냐?"

뒤를 돌아보니, 엑스 할아버지가 서 있었다.

"아, 안녕하세요? 전 옆집에 이사 온 줄리안이에요."

엑스 할아버지가 고개를 앞으로 쑥 내밀고 눈을 가늘게 뜬 채 나를 쳐다보았다. 할아버지 눈썹은 사진으로 봤던 것처럼 숱이 무척 많았다. 하지만 눈썹 색은 사진보다 더 하얗게 새어 있었다. 코털이 밖으로 비죽 삐져나와 무척 간지러울 것 같았다. 사진보다 훨씬 늙어 보였다. 콱 죽어 버리면 좋겠다는 푸키 누나의 바람이 곧 이루어질지도 모를 만큼 쇠약하게 느껴졌다.

"배를 타기엔 늦은 시각 아니냐?"

"배를 타다니요? 그런 끔찍한 생각은 한 번도 해 본 적 없어요!"

"그럼 구명조끼는 왜 입었냐?"

"죽기 싫어서요."

"걱정 마라. 넌 아직 그럴 나이가 아니니까. 내가 너보다 훨씬 빨리 죽지."

"왜요?"

"난 늙었으니까. 너희도 바라는 바 아니냐? 그래야 너희 집 건물도 그대로 유지될 테고."

"맙소사! 누나가 한 말을 들으셨어요? 푸키 누나는 요즘 잔뜩 심술이 나 있어요. 본심은 아니에요."

"푸키라……, 이름이 특이하구나."

"애칭이에요. 옛날에 누나가 배변 훈련을 시킬 때, 제가 누나를 푸피(유아어로 '똥'을 뜻한다.— 옮긴이)라고 불렀거든요. 사람들은 그걸 푸키라고 들었나 봐요. 근데 이거 비밀이에요. 누나가 알면 절 죽일지도 몰라요."

엑스 할아버지는 웃기는커녕 아무 대꾸도 하지 않았다. 어서 아무 말이라도 해야 했다. 침묵이라고 하는 이 엄청난 진공 상태는 블랙홀만큼 무서웠다.

"아! 제 이름은 퍼시 라본 줄리안의 이름에서 딴 거예요. 그 사람을 아세요?"

엑스 할아버지가 고개를 저었다.

나는 묻지도 않고 테라스에 놓인 흔들의자에 가 앉았다.

"그래, 네 집처럼 편하게 있거라."

썩 반기는 듯한 목소리는 아니었다.

"네, 집에서는 엄마가 저한테 초콜릿 우유를 타 주시지만요. 자, 그럼, 줄리안 박사님에 대해 바로 이야기를 시작해 볼게요."

엑스 할아버지가 기다란 나무 벤치 위에 놓여 있는 두툼한 방석 위에 앉았다. 방석에서 쉭 하고 공기 빠지는 소리가 들렸다.

"퍼시 라본 줄리안은 화학자예요. 콩에서 단백질을 추출해 냈는데 쓰임새가 무궁무진했지요. 먼저 소화기 거품! 제2차 세계 대전 때, 미 해군의 화재 진압 작전마다 일등공신이 되었어요. 군인들 사이에서는 그 소화기를 '콩 수프'라고 불렀다나 봐요. 또 콩 단백질은 항암 진통 효과를 내는 합성 호르몬제도 만들 수 있었지요. 기막힌 게 뭔지 아세요? 퍼시 라본 줄리안은 아프리카계 미국인이었는데요. 받아 주는 학교랑 연구소, 직장을 찾느라 시간을 무지 많이 날렸대요. 그때 살던 사람들은 진짜 어리석었나 봐요. 만약 더 많은 기회가 주어졌더라면……! 혹시 알아요? 퍼시 라본 줄리안이 정말 불치의 암이나 심장 질환 치료제까지 만들어 냈을지!"

엑스 할아버지는 여전히 묵묵히 침묵을 지키고 있을 뿐이었다.

"그토록 힘든 상황에서도 이 세상을 더 좋은 곳으로 만들다니, 저도 그 박사님처럼 되고 싶어요. 사람들은 그분이 만든 물건들의 도움을 많이 받으며 살아가지요. 퍼시 라본 줄리안은 자기가 모르는 사람들, 심지어 자기가 살던 시절에 태어나지도 않았던 사람들의 목숨까지도 구했어요! 이게 아니라면 무엇이 마법일까요?"

나는 감정이 벅차오른 나머지, 의자에서 벌떡 일어났다. 엑스 할아버지가 나와의 간격을 벌리려는 듯 몸을 주춤 뒤로 뺐다.

"그래……, 조사를 꽤 많이 했구나?"

"그분과 같은 이름을 쓴다는 건, 저도 뭔가 큰일을 해야 할 의무가 있다는 거예요."

"그냥 이름일 뿐이다."

"앞으로 혜성에 붙일 이름이죠! 전 혜성을 찾을 거예요. 그래서 그 혜성에 줄리안이란 이름을 달아 줄 거예요. 그럼 전 영원히 살게 되겠지요."

엑스 할아버지가 고개를 저었다.

"넌 영원히 살 수 없어. 그건 불가능해."

"아뇨, 영원히 살 수 있어요. 물리학에서는 질량 보존의 법칙이라고 해요. 아예 사라지는 건 없어요. 그냥 형태가 바뀌는 거지."

엑스 할아버지는 테라스 유리문 너머로 거실에 놓인 부부 사진을 바라보았다.

"할머니 일은 정말 안됐어요. 하지만 할머니는 여전히 여기 계세요. 할아버지에게 그럴 의지만 있다면, 할머니와 얼마든지 다시 이야기를 나눌 수 있을 거예요."

엑스 할아버지가 내 쪽을 향해 고개를 돌렸다.

"전 평행 우주에 사는 친구들과 늘 이야기하는데요, 뭐. 루디는 어떤 줄 아세요? 걔는 저에게 금지된 것들을 다 해요. 야외에서 자전거 타기, 집에서 멀리 떨어진 곳으로 여름 캠프 가기, 아침밥 대신 마시멜로 먹기…… 듣고 있으면 얼마나 부러운지 몰라요. 하지만 그렇게 대화하다 보면 제 마음도 탁 트이거든요. 할아버지도 한번 해 보세요."

"그만 됐다!"

엑스 할아버지가 코를 쿵쿵대며 눈을 깜빡거리는가 싶더니 손을 번쩍 들었다. 하지만 나는 이야기를 멈출 수 없었다.

"할머니는 이 우주에서, 바로 이곳에 실제로 존재했던 사람이잖아요. 할머니와 이야기하는 건 이상할 게 전혀 없어요. 오히려 할아버지에게 도움이 될 거예요. 왜냐하면 저희 엄마가……."

엑스 할아버지가 갑자기 자리를 박차고 일어났다.

"넌 원래 잘 모르는 사람한테도 이렇게 함부로 말을 하고 그러냐?"

퉁명스런, 그러나 가늘게 떨리는 목소리였다.

"아뇨, 제가 필요할 때만요."

"저 증축 건물을 철거하지 못하게 날 막아 보려고?"

엑스 할아버지의 눈빛에 노기가 어려 있었다. 아무래도 이쯤에서 물러나야 할 것 같았다.

"그런 뜻은 아니었는데……. 이만 가 볼게요, 엑스 할아버지."

나는 재빨리 할아버지네 테라스에서 벗어나 나무집 쪽으로 달려갔다.

"엑스 할아버지라……."

그렇게 읊조리며 콧방귀를 뀌는 소리가 들렸다. 호칭이 마음에 든 걸까?

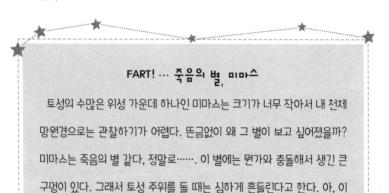

FART! … 죽음의 별, 미마스

토성의 수많은 위성 가운데 하나인 미마스는 크기가 너무 작아서 내 천체 망원경으로는 관찰하기가 어렵다. 뜬금없이 왜 그 별이 보고 싶어졌을까? 미마스는 죽음의 별 같다, 정말로……. 이 별에는 뭔가와 충돌해서 생긴 큰 구멍이 있다. 그래서 토성 주위를 돌 때는 심하게 흔들린다고 한다. 아, 이 제 알겠다. 엑스 할아버지를 보고 미마스를 떠올렸던 거다.

나의 쓸모

다음 날, 나를 깨운 건 푸키 누나였다.

"그만 내려와, 꼬맹아! 그리고 다음부터는 엄마더러 직접 와서 소중한 아드님이 살아서 내려오는 걸 지켜봐 달라고 해."

"미안."

나는 기어드는 목소리로 말했다. 내가 사다리를 타고 내려올 때 지켜보는 사람이 꼭 있어야 한다는 규칙은 엄마가 정한 거지, 내가 정한 것도 아닌데!

"너, 오늘 옆집 할배한테 말 걸기로 약속했다."

"이미 이야기 나눴어, 어젯밤에."

"그래서?"

"성격은 좀 까칠하지만 좋은 분 같아."

"아, 그니까, 그 할배가 증축에 대해 뭐라 했냐고?"

누나가 확 짜증을 냈다.

"그 얘긴 깜빡했는데……."

사실 잊은 건 아니었다. 큰 슬픔에 빠져 있는 할아버지를 더 슬프게 만들고 싶지 않았을 뿐.

"젠장, 줄리안! 이런 거 하나하나 죄다 내가 나서야 하니?"

"누나가 이 집에서 하는 일이 뭐 있다고?"

"시끄러워!"

푸키 누나는 옆집으로 성큼성큼 걸어가더니 현관문을 쾅쾅 두들겼다. 어찌나 세게 두드리는지 내 몸이 움찔움찔 떨릴 정도였다. 안에서는 아무 대답도 들리지 않았다. 하긴, 저렇게 문을 두드리는데 누가 대답을 하고 싶을까?

우리는 집으로 발길을 돌려 부엌으로 들어갔다. 엄마가 누나를 보고 민박집 주인 딸답게 더 깔끔한 옷으로 바꿔 입으라고 했다. 평퍼짐한 반바지에 '세계 자연 보호'라고 적힌 색 바랜 티셔츠를 입고 있었다. 누나는 입술을 샐쭉하더니 씩씩대며 이층으로 올라갔다.

얼마쯤 지났을까? 엄마가 머그잔을 식탁 위에 탁 소리 나게 내려 놓았다.

누나는 배꼽이 보일 정도로 짧은 셔츠 위에 브래지어를 하고 나타났다. 그 밑에 입은 반바지는 골반에 걸쳐 입는 핫팬츠였는데,

엉덩이에 이스턴(eastern)이라는 글자가 적혀 있었다. 엄마가 볼 때마다 질색하는 옷이었다.

"어때요? 이제 만족스러우세요? 우리가 저 사차원 꼬맹이의 소원을 이뤄 주기 위해 이탈리아의 어디더라……."

"피사의 사탑! 갈릴레오가……."

내가 재빨리 끼어들었다.

"그래 맞아. 피사의 사탑에 갔을 때, 우린 패션의 본고장인 밀란에 갈 수도 있었지."

"밀란이 아니고 밀라노."

내가 다시 끼어들었다.

"밀라노는 쿠키 이름이거든, 이 바보야."

"도시 이름이 먼저 생겼거든?"

"그런 옷은 사람들 앞에선 입지 마라!"

엄마가 소리쳤다.

"쟨 구명조끼 입었잖아요. 그럼 나도 내 취향대로 입어야죠!"

"그거랑은 다르지! 네 옷은 얌전치 못해!"

"아빠라면 이 옷을 입어도 된다고 하셨을걸요!"

나는 식탁에서 조용히 일어나 부엌을 빠져나왔다. 엄마가 부엌에서 쫓아 나와 소리쳤다.

"줄리안! 사다리 쓸 때는 먼저 누구든 부르는 거 잊지 마!"

누나가 짜증난다는 듯 두 눈을 부라렸다.

"쟨 구명조끼 입어서 바닥에 떨어져도 튀어 오를 거니까 걱정 마세요."

"보자 보자 하니까, 얘가 말을 해도!"

"차라리, 엄마, 쟤한테 헬멧까지 씌워서 소파 방석들 사이에 꽁꽁 숨겨 놓지 그래요? 그럼 완벽할 텐데요?"

나는 이층 방으로 올라가 귀를 틀어막았다. 위산이 작은 해일처럼 내 위장을 휘저었다. 귀에서 손을 뗐을 때도 말다툼은 계속되고 있었다. 나는 일부러 소음을 만들기 위해 실내용 자전거 위에 앉아 발을 열심히 굴렸다.

얼마 뒤 푸키 누나 방에서 꽝 하고 문 닫는 소리가 났다. 한 번도 아니고 여러 번이나. 말다툼이 끝난 모양이었다.

나는 나무집으로 돌아와 곯아떨어졌다가 몸이 축 늘어진 상태로 잠이 깼다. 벌써 해가 기울고 있었다.

옆집을 흘깃 보니, 엑스 할아버지가 테라스에 앉아 있었다. 나는 사다리를 타고 내려가 엑스 할아버지네 테라스로 쪼르르 달려갔다. 그러고는 무작정 흔들의자에 가서 앉았다.

"안녕하세요? 또 저예요."

"또 너로구나."

엑스 할아버지는 웃지 않았다. 그렇다고 화가 난 얼굴은 아니었다. 그냥 슬퍼서 그러는 게 아닐까?

"신기한 얘기 해 드릴까요? 있지요, 저는 외할아버지를 딱 한 번

밖에 못 봤어요. 그래도 외할아버지 얼굴은 똑똑히 기억해요."

"아무렴, 그렇겠지."

"제가 태어나던 날 외할아버지가 돌아가셨거든요. 저도 태어날 때 죽을 고비를 넘겼고요. 근데 그 고비를 지날 때 외할아버지가 제 옆을 스쳐 지나가지 않겠어요? 그때 제가 유니 센싱 능력을 갖게 되었어요."

대부분의 사람들처럼 엑스 할아버지도 유니 센싱 능력이 뭔지 묻지 않았다. 오늘도 나는 침묵의 블랙홀을 열심히 메워야 했다.

"유니 센싱은 우주를 감지하는 능력이에요. 실제로 뭔가를 듣거나, 보거나, 느끼는 능력이 아니고 막연히 뭔가를 감지하는 능력이죠. 예를 들면, 지금 할아버지는 절 무지 귀찮아 하고 계시네요."

엑스 할아버지가 크흐음 하고 목 긁는 소리를 냈다.

"외할아버지는 제 옆을 스쳐 갈 때 세 가지를 말씀하셨어요. 첫째, 세상은 마법적인 공간이라는 것. 둘째, 외할아버지는 날 무척 사랑한다는 것. 셋째, 엄마와 누나를 잘 돌봐 주라는 것. 그땐 조앤 아줌마가 저희 집에 오기 전이어서 두 사람만 얘기한 모양이에요. 그리고 음……, 사실 뭔가 한마디 더 하신 거 같은데, 그게 뭔지 도저히 모르겠어요. 마시멜로를 절대 태워 먹지 말라고 하셨던가?"

엑스 할아버지가 눈을 가늘게 뜨고 나를 응시했다. 내가 진짜 사람인지 확인하려는 것 같았다.

"제가 왜 그런 생각을 하냐면요, 전에 스모어(크래커 두 개 사이에 마시멜로와 초콜릿을 끼워서 먹는 간식.—옮긴이)를 만들 때 제가 마시멜로를 태웠거든요. 근데 저도 모르게 '죄송해요, 외할아버지!'라는 말이 튀어나온 거예요. 그랬더니 엄마가 깜짝 놀라면서 외할아버지가 제일 질색하는 게 마시멜로 타는 냄새라는 거예요. 어떻게 알았느냐고 묻더라고요. 신기하지요?"

엑스 할아버지가 코를 감싸 쥐었다. 그건 어른들이 코를 파고 싶은데 보는 눈이 많을 때 하는 행동이었다.

"오, 저런! 그래, 너희 외할아버지가 막 태어나고 있는 너한테 그런 말씀을 하셨다고?"

전혀 못 믿겠다는 듯한 말투였다.

"입으로 소리를 내어 말씀하신 건 아니고요. 유니 센싱 능력으로 제가 알게 된 거죠. 영화 〈스타 트렉〉을 보면 벌컨족들이 손가락을 상대의 얼굴에 갖다 대는 것만으로 서로의 마음을 읽어 내잖아요. 그거랑 비슷해요."

엑스 할아버지가 또다시 목 긁는 소리를 냈다.

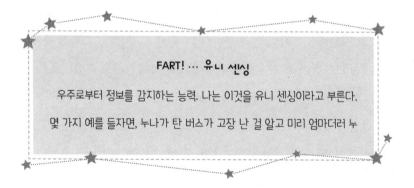

FART! … 유니 센싱

우주로부터 정보를 감지하는 능력. 나는 이것을 유니 센싱이라고 부른다.

몇 가지 예를 들자면, 누나가 탄 버스가 고장 난 걸 알고 미리 엄마더러 누나를 데려오라고 한 일. 도서관에서 무심결에 복식 예절에 관한 책을 빌려 왔는데, 푸키 누나가 다음 날까지 해 가야 하는 과제에 유용하게 쓰인 일. 또 푸키 누나가 아주 힘든 하루를 보냈을 것 같아서 초콜릿 우유 두 잔을 타 놓고, 누나가 좋아하는 맷 데이먼 주연의 디브이디를 하나 골라 놓은 다음 텔레비전 앞에 푹신한 어린이용 소파를 끌어다 놓은 일. 그날 학교에서 돌아온 푸키 누나는 나를 전 우주에서 제일 멋진 동생이라고 얼마나 추켜세 웠는지 모른다.

"저도 알아요. 〈스타 트렉〉은 영화일 뿐이죠. 하지만 그 영화가 나왔을 당시에는 불가능해 보였던 영화 속 일들이 지금은 현실이 되었잖아요. 유전자를 분석하는 기계인 트리코더랑 사용자의 목소리를 알아듣고 말하는 컴퓨터, 심지어 가상 체험 시스템 홀로데 크까지도요. SF 영화에서 외계인이 우주선을 타고 내릴 때 빛을 타고 오르락내리락하는 거 보신 적 있지요? 트랙터 빔이라고 해요. 그것도 곧 현실이 될지도 몰라요. 그러니까 우리가 이해하기 어렵다고 해서 불가능한 일이라고 볼 순 없다는 거죠. 하여간에 할아버지네 할머니는 아직도……."

"줄리안."

"네?"

"할머니 얘기는 더 이상 하지 말거라."

"그렇지만……."

"안 돼. 알았니?"

"하지만 제 얘기를 들어 보시면……."

엑스 할아버지가 크흐음 하고 목 긁는 소리를 또 냈다. 이번에는 소리가 아주 컸다. 마치 우주선이 이륙할 때처럼.

"알았어요. 오늘은 이만할게요. 그래도 다시 올 거예요."

"포기하지 않겠다, 이거냐?"

나는 고개를 끄덕였다.

"물리학자들이 힉스 입자를 찾아내는 데는 48년이 걸렸대요. 힉스 입자는 아주아주 작은 입자로, 원자와 쿼크 입자보다 더 작아요. 하지만 물리학자들은 힉스 입자가 당연히 존재할 거라고 생각했고, 그것을 찾아낼 때까지 결코 포기하지 않았죠. 이게 바로 제가 혜성 찾기를 포기하지 않는 이유예요. 저기 어디엔가 이름 없는 혜성이 있다고 믿기 때문이죠. 우리 외할아버지도 저기 어디엔가 계시다고 믿어요. 제 눈에 보이진 않지만요. 그리고 이 집에서 사셨던, 할아버지가 더 이상 입에 올리지 말라고 하셨던…… 그분도 여전히 이 근처에 계시다는 걸 전 믿어요."

엑스 할아버지가 다시 한 번 코를 감싸 쥐고서 목 긁는 소리를 냈다. 나는 자리에서 일어나 천천히 걸음을 뗐다. 하지만 얼마 못 가 걸음을 멈추었다.

"짜증나신다는 거 알아요. 하지만 저한테도 그럴 만한 이유가 있어요."

나는 엑스 할아버지에게 우주의 마법을 다시 보여 주고 싶었다. 엑스 할아버지는 아내의 죽음과 함께 자신의 삶에서 모든 마법이 사라졌다고 생각하는 것 같았다. 나에겐 그게 아니라는 것을 보여줄 의무가 있었다. 엑스 할아버지는 모를 것이다. 하지만 나는 안다. 사람들이 나를 언제 필요로 하는지.

그날 밤, 밤이 깊도록 보름달을 올려다보았다. 달빛을 받아 세상이 온통 환했다. 손전등도 필요치 않을 만큼. 그러다 문득 식구들에게는 손전등이 필요할지도 모른다는 생각이 들었다.

마침 부엌에 불이 켜졌다. 조앤 아줌만가? 또 엄마 몰래 땅콩버터 한 스푼을 떠먹으려고? 부엌에 불이 켜져 있는데도 손전등을 갖다 주려는 나의 발상이 좀 이상해 보일지도 모르겠다. 하지만 나는 언제나처럼 유니 센싱 능력을 믿기로 했다. 오랜 세월에 걸쳐 내 스스로 충분히 검증해 왔기 때문이다.

부엌문 틈새로 들여다보니, 푸키 누나가 초콜릿 우유를 타고 있었다. 한 손에 우유잔을 든 채 냉장고에서 시럽을 찾는 중이었다. 내가 부엌문을 열자, 푸키 누나가 화들짝 놀라면서 뒤로 돌아섰다.

"뭐야, 몰래 훔쳐보는 짓 좀 하지 마!"

"손전등 주려고 왔어."

"필요 없어, 그딴 거……."

순간 '팟—' 하고 전기가 나갔다.

푸키 누나는 더 말을 잇지 않았다. 마음 같아선 "그거 봐!"라고 우쭐대고 싶었지만, 누나는 그럴 새도 없이 내 손에서 사납게 손전등을 낚아챘다. 그러고는 계단을 쿵쿵 올라간 뒤 이층 방문을 꽝 닫았다.

나는 나무집으로 올라와 바깥 풍경을 감상했다. 집과 마당과 호수가 환한 달빛을 받아 은은하게 빛났다. 하늘에서는 마치 꿈을 꾸고 있는 듯, 엘이디 등처럼 밝은 별들이 하나둘 모습을 드러냈다! 꿈도 아닌데 몸에서 영혼이 분리되는 듯한 느낌이었다.

놀랍고 흥분되는 순간이었다. 별에서 사는 게 이런 기분일까? 그렇다면 그것도 나쁘진 않을 것 같았다. 나는 요가 매트 위에 드러누웠다. 이곳이 시리우스별이라고 생각하면서 오리온자리를 쳐다보았다. 시리우스별에서 보는 오리온자리도 꽤나 근사했다.

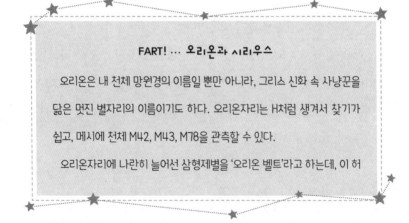

FART! ··· 오리온과 시리우스

오리온은 내 천체 망원경의 이름일 뿐만 아니라, 그리스 신화 속 사냥꾼을 닮은 멋진 별자리의 이름이기도 하다. 오리온자리는 H처럼 생겨서 찾기가 쉽고, 메시에 천체 M42, M43, M78을 관측할 수 있다.

오리온자리에 나란히 늘어선 삼형제별을 '오리온 벨트'라고 하는데, 이 허리띠 아래쪽에 있는 오리온 검은 오리온 성운(M42)에 포함된다. 오리온 성운은 별들이 태어난 곳이다.

이제 나는 나의 오리온으로 마법이 일어나는 광경을 구경할 수 있을 것이다. 아, 참. 오리온 벨트는 큰개자리에서 가장 밝은 알파별, 시리우스를 가리키고 있다. 오리온 벨트에서 왼쪽으로 벨트 길이만큼 여덟 번만 세면 시리우스별이 있다! 우리 가족도 언젠가는 쉽게 찾을 수 있겠지?

다음 날, 아침을 먹기 위해 부엌으로 갔다. 엄마가 머그잔에 커피를 따르다 말고 나를 보고 크게 외쳤다.

"조앤!"

"응?"

조앤 아줌마는 식탁 위에 널려 있는 서류에 코를 박은 채 건성으로 대답했다.

"줄리안이 나무집에서 내려올 때 지켜봐 주는 거, 오늘 당번이 누구더라?"

"그렇긴 한데, 어쨌든 무사히 내려왔잖아."

"그래도……."

"투투투투—."

"또, 또! 난 헬리콥터 맘이 아니야, 조앤!"

"미셸, 우리 꼬맹인 낼모레면 열세 살이야. 나무집은 땅에서 3미터도 안 되고. 구명조끼도 입고 있잖아. 아마 땅에 떨어져도 튀어 오를걸."

그때 뒤쪽 계단에서 푸키 누나가 콧방귀 뀌는 소리가 들렸다. 엄마가 조앤 아줌마를 잡아먹을 듯이 노려보았다.

"난 괜찮아요, 엄마. 애들은 너무 많은 것을 해 주면 오히려 자존감이 떨어진다는 거 알고 계시죠? 아이들은 맞설 능력이 없으면 그냥 받아들이기 시작한다면서요."

이번엔 엄마가 나를 쏘아보았다.

"너, 또 내 육아일기 읽었니?"

"글쎄요, 다 제 얘기잖아요. 안 그래요?"

조앤 아줌마가 히죽히죽 웃었다.

푸키 누나는 고개를 살살 돌리면서 부엌으로 들어왔다. 머리칼은 젤로 뾰족뾰족하게 세운 뒤 목덜미를 말끔하게 밀어 버렸다.

"우아, 대박! 누나, 꼭 만화 캐릭터 같아!"

푸키 누나가 활짝 웃으며 물었다.

"어때요, 조앤 아줌마?"

"괜찮은데?"

"엄마는요?"

"괜……찮긴 한데, 딸, 그게……, 그게 네가 정 원하는 대답이라면 말이다."

푸키 누나가 인상을 쓰고서 말했다.

"코랑 혀에 피어싱도 할까 생각 중이에요, 타투도."

모두가 말문이 턱 막히고 말았다. 푸키 누나는 주삿바늘처럼 날카로운 물건을 세상에서 제일 무서워했다. 우리 모두 그걸 알고 있었다. 그런데도 저런 말을 하는 건 누나가 지금 바늘에 찔리는 것보다 더한 고통을 받고 있다는 뜻이리라. 그래서 아무도 쉽게 대꾸를 못 하는 거고.

이윽고 푸키 누나가 오랑우탄처럼 으르렁거리면서 소리쳤다.

"봐, 이 집구석에 나한테 관심을 갖는 사람은 아무도 없어!"

엄마가 천장을 올려다보며 탄식했다.

"오, 아버지! 지금도 살아 계시면 얼마나 좋을까요?"

엄마가 외할아버지에게 말을 거는 건 좋은 일이다. 엑스 할아버지도 할머니와 대화를 나누면 기분이 한층 나아질 텐데. 그때 내 머리를 탁 치고 지나가는 게 있었다. 마치 하늘을 가로지르는 혜성처럼. 나는 엑스 할아버지에게 필요한 게 뭔지 알 것 같았다.

나는 곧바로 식품 저장실을 지나 이층 내 방으로 올라갔다. 당장해야 할 일이 있었다, 진정한 친구를 위한 임무가.

안녕하세요, 엑스 할아버지.

저예요, 옆집에 사는 줄리안…… 지금부터 제가 하려는 이야기는 할아버지가 자동차 운전 중이 아니더라도 말로 하기에 너무 조심스러운 것이라서 편지로 써요.

저는 할아버지께 죽음에 관한 책을 보여 드리고 싶어요. 도움이 될까 해서요.* 저희 엄마도 그 책을 읽고 많은 도움을 받았대요. 엄마는 그 책을 저한테 수천억 번이나 읽어 줬어요. 저는 이제 달달 외울 지경이에요.

살짝 구겨진 페이지가 있을 거예요. 거기 내용이 최고로 좋아요. 엄마는 그 대목에서 늘 울음을 터뜨렸어요. 그렇게 울고 나면 기분이 한결 좋아진대요. 하지만 이제 읽지 않은 지 몇 년 됐어요. 더 이상 읽을 필요가 없어진 거죠. 그 대신 엄마는 돌아가신 외할아버지께 말을 걸어요.

비록 곁에 있지는 않아도 떠난 사람들과 이야기를 나누는 건 매우 좋대요. 왜냐면 그 사람들도 이곳에 존재하거든요. 살아 있던 때와는 다른 모습으로 말이에요. 그 사람들은 결코 우리 곁을 떠나지 않았어요.

그 사람들은 지금 별이 되어 있어요. 할머니도 마찬가지고요. 할아버지가 할머니한테 말을 걸어 줘야 해요. 안 그러면 할머니가 엄청 외로우실 거예요. 할머니도 할아버지를 그리워하고 계세요.**

— 할아버지의 친구, 줄리안*** 드림.

*제가 죽음을 들먹여서 성이 나셨을까요? 어떤 기분인지 알아요. 저한테는 수영이 그렇거든요. 그러니 수영 이야기는 하지 말기로 해요.

**아마 할머니는 할아버지를 볼 수 있을 거예요. 그러니 코를 감싸 쥐는 버릇은 조심하시는 편이 좋아요. 그거, 꼭 코를 파는 것처럼 보이거든요.

***할머니 이름 뒤에 n자만 붙이면 제 이름이 된다는 사실…… 굉장하지

않아요? 수학의 공통인수 n처럼요. 공통인수 n은 변수를 뜻해요. 변수란, 말 그대로 변할 수 있는 수라는 거고요.****

    ****변하는 건 어렵지만 좋은 일이기도 해요. 새 친구가 생기는 것처럼요. 친구를 사귀면 할아버지한테 정말 좋을 거예요. 저에게도 그렇고요.

나는 편지와 책을 엑스 할아버지네 현관 앞에 갖다 놓았다.

엑스 할아버지를 위해 작은 선물을 준비하면서 우리 가족을 위한 선물도 떠올랐다. 바로 손수 그린 별자리표였다. 세 사람이 끝내 천체 망원경을 보지 않겠다면, 이 별자리표를 참고해서 큰개자리 위치를 찾을 수도 있을 거다.

별자리표를 반으로 접은 뒤 표지에 맞춤형 낚시성 제목을 적어 넣었다. 푸키 누나 거에는 '중요한 패션 정보!', 조앤 아줌마 거에는 '최신 응급 구조 규칙!', 엄마 거에는 '겨울철 우울증 날려 버리는 법!'이라고.

올해 2월, 나는 엄마가 겨울 밤 추위에 떨지 않아도 하늘을 볼 수 있게 거실 창문 바로 옆에 천체 망원경을 설치했다. 그 뒤 엄마는 날씨가 흐려도 하늘은 아름답다는 내 주장을 받아들였다. 내가 큰개자리가 우리 은하에서 가장 밝다고 하자, 엄마는 환히 웃으면서 이렇게 말했다.

"바로 너처럼."

그때 깨달았다. 내가 영원히 큰개자리 별이 되고 싶어 한다는 사실을. 음침한 날이 계속되는 최악의 달, 2월에도 엄마가 항상 나를 볼 수 있도록, 그래서 행복해질 수 있도록.

FART! … 줄리아 할머니의 별은 어디에?

줄리아 할머니는 어느 별에 계실까? 그걸 알면 할아버지한테 귀띔해 드릴 텐데. 그러기 위해선 먼저 할머니에 대한 정보가 더 필요하다. 지금으로서는 암으로 돌아가셨다는 것밖에 모르는데……. 그럼 게자리(Cancer)에? 가만, 게자리 중심에 위치한 M44는 벌집 성단이지! 해마다 암으로 죽는 사람들이 엄청나게 많아서 벌집처럼 무지무지 북적댄다는 암시가 아닐까? 부디, 그분들이 마시멜로를 잔뜩 쌓아 놓고 다 함께 성대한 파티를 벌이고 있기를.

우리 외할아버지는 심장 질환으로 돌아가셨는데, 정작 심장 성단이란 곳은 없다. 어쩌면 야생 오리 성단에 가 계시지 않을까? 엄마 말로는 외할아버지가 오리를 무척 좋아했다고 한다.

우리들 각자의
산소마스크

나는 엄마와 함께 집 가꾸기에 돌입했다. 현관 계단에 페인트칠을 새로 하고, 앞뜰에는 꽃을, 뒤뜰에는 토마토를 심었다. 겉보기에는 꽤 보람찬 시간을 보낸 것 같았다. 따져 보면 그렇지도 않은데……. 엄마는 내가 말을 걸어도 건성건성 대답했다. 시리우스별 찾는 방법을 언제 가르쳐 주면 좋겠냐고 물어도 "모르겠다, 나중에."라고 대충 얼버무렸다. 심지어 묻는 말에도 "응, 좋네."라고 엉뚱하게 답했다.

나는 아주 깊은 진공 공간에 대고 이야기하는 것 같았다. 아님, 열세 살짜리하고 이야기하는 느낌이라고나 할까. 푸키 누나가 열세 살 때 딱 그랬다. 누나의 열세 살은 정상적인 시절(열두 살)과 우주적 악몽이 시작된 시절(열다섯 살)의 딱 중간 나이였다.

푸키 누나는 오늘도 호숫가에 누워 빈둥거리고 있었다. 드라마 캠프에 갈 수 없게 된 뒤, 집이 연기 연습실이라도 되는 양 말과 행동이 더 과격해졌다. 그래서 누나가 호숫가에 있을 때는 차라리 집이 조용했다.

아무리 그래도 조앤 아줌마가 36시간 소방서 교대 근무를 지원하지 않았더라면, 푸키 누나가 호숫가에서 빈둥대는 일 따위 엄두도 내지 못했겠지. 조앤 아줌마는 '그런 식의 공주 놀음'을 가만히 보고만 있을 사람이 아니니까.

내가 막 현관 청소를 마쳤을 때, 호수에서 돌아온 푸키 누나가 테라스의 안락의자에 철퍼덕 주저앉았다.

"누나! 모래 떨어지잖아! 청소 다 해 놨는데."

"내 이어폰이나 갖다 줘, 꼬맹아."

"내가 왜?"

푸키 누나가 두 눈을 부릅떴다.

"필요하니까 그렇지. 몰라서 묻냐?"

마침 집 안에서 나오던 엄마는 현관에 앉아 있는 푸키 누나를 보고 잘됐다는 듯이 말했다.

"오, 푸키! 너, 거기 있었구나! 나 좀 도와……."

"머리 아파요!"

푸키 누나는 이렇게 톡 쏘아붙이더니 아예 발을 뻗고 드러누웠다.

"간식이라도 좀 줄까?"

엄마가 한숨을 내쉬며 물었다.

"딸기 키위 스무디요. 그것보다 이어폰이 더 절실하지만요."

푸키 누나가 나를 쏘아보며 대답했다.

"그럼 좀 있다가, 머리가 좀 나아지면 그때…….."

"그때 뭐요? 노예처럼 일할까요?"

엄마는 아무 대꾸도 하지 않고 다시 집 안으로 들어갔다.

"그게 이 집구석에 내가 존재하는 이유지, 노예."

푸키 누나가 중얼거렸다.

머리가 아프다는 핑계로 주인이 시키는 일을 거부하는 노예는 이 세상 어디에도 없다. 그리고 노예라면 누군가 자신을 위해 딸기 키위 스무디를 만드는 동안 안락의자에 누워 있지는 않을 거다. 물론 휴대폰으로 음악을 듣기 위해 누군가에게 이어폰을 가져오라고 시키지도 않겠지.

"에잇, 인터넷도 안 되고!"

푸키 누나가 휴대폰을 노려보며 투덜댔다.

누나 휴대폰에서 인터넷이 안 되는 건 엄마가 인터넷 유심 칩을 압수해 버렸기 때문이다. 누나가 인터넷으로 어떤 짓을 했길래 엄마가 그런 조치를 취했는지는 나도 잘 모른다.

누나는 대체 무슨 생각인 걸까? 대체 왜 저러는 걸까?

"누난 왜 맨날 그렇게 화만 내?"

내 말이 끝나자마자, 푸키 누나가 선글라스를 밑으로 내리고 매섭게 쏘아보았다.

"왜 그런지 진짜 몰라서 물어, 어? 그러니까 널 외계인이라고 하지. 그래서 천체 망원경이랑 죽고 못 사는 거고. 문제는 나한테 있는 게 아니야, 이 멍청아! 절대로 내가 문제가 아니라고."

우리가 왜 이렇게 서로를 미워하게 됐을까? 이런 날이 올 줄은 꿈에도 생각지 못했는데!

"전에는 나랑 잘 놀아 줬잖아."

"그건 끝났어. 난 더 이상 네 우주의 일부가 아니야. 넌 그 사실을 빨리 받아들이는 게 좋을 거야."

믹서가 돌아가는 소리가 시끄럽게 울렸다. 하지만 푸키 누나의 말소리는 그보다 더 크고 또랑또랑했다.

"왜?"

"넌 뭘 몰라도 너무 몰라."

"그럼 가르쳐 주면 되잖아! 응?"

나는 믹서 소리보다 더 크게 소리쳤다.

믹서의 소음이 뚝 그쳤다. 사방이 고요해졌다. 푸키 누나가 고개를 저었다.

"넌 이해 못 해."

"아니, 할 수 있어."

푸키 누나가 고개를 뒤로 젖히고 어이없다는 듯 웃음을 터뜨렸다. 나는 그런 누나를 한참 동안 노려보았다. 푸키 누나가 웃음을 멈추었다.

"기분 나빴냐? 그럼 미안하다, 하지만……."

나는 누나의 말이 끝나기도 전에 문을 쾅 밀고 발소리를 내며 집 안으로 들어갔다. 때마침 엄마가 스무디를 들고 밖으로 나오고 있었다.

엄마가 나를 불러 세웠다.

"아들? 누나한테 이어폰 좀 갖다 줄래?"

"제가 왜요?"

나는 엄마를 노려보았다. 푸키 누나의 노려보기가 나한테도 전염된 걸까? 엄마가 한숨을 푹 내쉬었다.

"줄리안, 그냥 누나를 행복하게 해 주려고 그래."

"엄마가 누군가를 행복하게 해 줄 순 없어요! 행복은 스스로 찾는 거예요!"

"우리 아들 참 똑똑하네."

엄마가 눈을 내리깔고 살짝 웃었다.

"그건 똑똑한 게 아니에요. 요가 교실에서 배웠잖아요. 기억 안 나세요?"

"그래, 네 말이 맞다. 오늘은 일 많이 했으니까 좀 쉴래? 이어폰은 내가 갖다 줄게."

엄마가 또다시 한숨을 내쉬었다.

푸키 누나는 전혀 눈치를 못 채고 있었다. 내가 얼마나 화가 났는지, 내 심장이 얼마나 세차게 뛰었는지, 내 마음속에 있던 착한 푸키 누나의 자리에 얼마나 커다란 구멍이 뚫렸는지.

괜히 짜증이 밀려왔다. 밤이라면 우주를 보면서 마음을 진정시킬 수 있을 텐데. 대신에 자전거를 탔다. 속도를 최고로 높여 한 7킬로미터쯤 탔나? 7은 분명히 행운의 숫자인데, 좀처럼 기분이 나아지지 않았다.

내가 준 별자리표에 대해서 가족들은 지금까지 아무런 반응이 없었다. 엄마 건 책상 위에 쌓여 있는 서류 더미 속에 있었다. 조앤 아줌마 건 아마도 아웃백 자동차 안에 굴러다니겠지. 푸키 누나 건 구겨진 채로 쓰레기통 속에 처박혀 있었다! 분풀이로 페달을 굴리자, 괜히 다리만 아프고 속에서는 끝없이 짜증이 치밀었다.

마음을 진정시키기 위해 나무집으로 올라가 메시에 천체 목록을 채워 넣었다. 벌집 성단 M44를 적어 넣었다. 그다음은 물고기자리……

물고기자리에 멋진 나선 은하 M74를 적어 넣는 순간, 호수에서 참방, 하고 물소리가 들렸다. 평소에는 눈길조차 주지 않는 호수 쪽으로 고개가 자동으로 돌아갔다. 이상야릇했다. 물고기 떼가 수면 위로 뛰어오르자, 물결이 동심원을 그리며 사방으로 번져 나갔다.

호수 건너편에는 독수리 한 마리가 날고 있었다. 순간 독수리 성운 M16을 아직 적어 넣지 않았다는 사실이 떠올랐다. 독수리 성운

자리에 M16을 적어 넣는 그때, 나비 한 마리가 메시에 천체 목록 위로 내려앉았다. 어디에? M6, 바로 나비 성단 자리에.

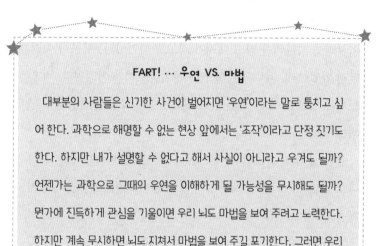

FART! ··· 우연 VS. 마법

대부분의 사람들은 신기한 사건이 벌어지면 '우연'이라는 말로 퉁치고 싶어 한다. 과학으로 해명할 수 없는 현상 앞에서는 '조작'이라고 단정 짓기도 한다. 하지만 내가 설명할 수 없다고 해서 사실이 아니라고 우겨도 될까? 언젠가는 과학으로 그때의 우연을 이해하게 될 가능성을 무시해도 될까? 뭔가에 진득하게 관심을 기울이면 우리 뇌도 마법을 보여 주려고 노력한다. 하지만 계속 무시하면 뇌도 지쳐서 마법을 보여 주길 포기한다. 그러면 우리는 영영 마법을 볼 수 없지 않을까?

다음으로 내 눈에 띈 건 전혀 신기한 광경이 아니었다. 푸키 누나가 호숫가 근처 자갈밭으로 가더니 몸을 숙여 돌멩이를 주웠다. 누나는 돌멩이들을 하나하나 오랫동안 들여다보다가 집을 향해 휙 던졌다. 마치 지구 쪽으로 혜성들을 메다꽂는 오르트 성운처럼.

나는 눈을 질끈 감아 버렸다. 그러다가 엑스 할아버지네 테라스로 고개를 돌렸다. 요 며칠 엑스 할아버지가 통 보이지 않았다. 내 편지를 읽고 나한테 화가 단단히 난 것일까? 할아버지와 다시 이야기를 나누고 싶었지만, 테라스에는 사람의 그림자조차 비치지 않았다.

문득 테라스 저편으로 아담한 차고가 눈에 띄었다. 나는 자석에 이끌리듯 사다리를 타고 내려가 차고로 다가갔다. 창문이 여러 개 달려 있었는데, 너무 높아서 안을 들여다보기가 어려웠다. 왜 닫힌 문이나 밀봉된 상자, 봉인된 편지를 보면 열고 싶은 충동을 느끼게 되는 걸까?

물론 남의 집 차고를 허락도 없이 열어 보면 안 된다는 사실쯤은 나도 잘 안다. 하지만 때론 보통의 소년이 되어 보는 것도 괜찮지 않을까? 차고 문을 살그머니 열고 그 안을 들여다보았다. 곧바로 욕지기가 치밀었다. 차고 안에 웬 보트가?

"너로구나?"

엑스 할아버지가 말했다. 나는 깜짝 놀라 황급히 뒤로 돌아섰다.

"한번 만져 봐라."

"괜찮아요. 전 보트를 보기만 해도 멀미가 나서요."

"내가 스티로폼으로 직접 만들었단다."

엑스 할아버지가 보트 옆에 놓인 커다란 스티로폼 덩어리를 가리켰다.

"스티로폼으로 만든 보트라고요? 저런 걸 누가 타요? 완전 미친 짓이에요!"

"탈 수 있어. 유리 섬유로 코팅했거든. 보트가 아주 가벼워서 너

혼자서도 호수까지 끌고 갈 수 있을 거야."

"전 싫어요!"

"노 젓는 건 쉬워."

"저도 노 젓는 법쯤은 알아요. 조앤 아줌마네 소방서에 갈 때마다 로잉 머신으로 엄청 많이 저어 봤다고요."

"오, 자전거 탈 줄 아는 것처럼 말이지."

"자전거도 타거든요?"

엑스 할아버지가 콧방귀를 뀌었다.

"실내 자전거겠지."

"그게 어때서요?"

실내 자전거는 진짜 자전거보다 좋은 점이 훨씬 많았다. 한밤중에도 탈 수 있고, 눈을 감고도 탈 수 있다. 로잉 머신도 진짜 보트보다 좋은 점이 많을 거다.

"언젠간 널 저 보트에 태울 날이 있을 거다."

"맙소사, 그럴 일은 절대로 없어요! 죽어도 안 탈 거예요!"

엑스 할아버지가 코를 한번 감싸 쥐고 나서 보트를 바라보았다. 왠지 표정이 슬퍼 보였다. 나도 할아버지를 따라 보트를 쳐다보았다. 그러다 보트 옆면에 쓰인 글자를 발견했다.

"세상에……, '벌집'이잖아?"

그 글자를 발견한 순간, 나도 모르게 보트 쪽으로 다가가 손길을 뻗었다.

"혹시 할아버지가 할머니를 '벌집'이라고 불렀나요?"

엑스 할아버지가 어깨를 으쓱했다.

"애칭으로……. 우리가 처음 만난 날, 할멈이 높게 틀어올린 머리 모양을 하고 있었거든. 그걸 벌집 머리라고 한다더라."

"어떻게 이런 일이? 할아버지, 놀라지 마세요. 얼마 전에 제가 어떤 생각을 했는지 아세요? 줄리아 할머니는 어느 별에서 살고 계실까, 혹시 벌집 성단이 아닐까? 신기하지요? 그래요! 할머니는 분명 지금 거기 계신 거예요!"

엑스 할아버지가 고개를 저었다.

"애야, 그런 걸 우연이라고 하는 거야."

"이 세상에 우연히 벌어지는 일은 없어요."

"너도 우리 할멈이랑 똑같은 소릴 하는구나. 미신이지."

나는 우연이 아니라는 걸 증명해야 했다.

"아……, 그럼 되겠다! 제가 할아버지 개 이름을 맞춰 볼게요."

"개라니?"

"할아버지네 거실에 걸린 그림 속의 개요. 제가 그 개 이름을 맞출게요."

나는 메시에 천체 목록을 떠올리고서 벌집 성단 다음에 무슨 성단이 오는지 기억을 더듬었다. 벌집 성단이 M44니까 M45는…….

"알았다! 할아버지네 개 이름은 황소자리, 타우루스!"

할아버지는 눈이 휘둥그레지더니 얼굴이 금세 납빛이 되었다.

"거봐요, 이게 바로 우주가 우리에게 말을 걸고 있다는 증거라고
요."

엑스 할아버지가 우쭐대는 나를 향해 두 눈을 부라렸다.

"좋아, 네 말대로라면 우주가 지금은 무슨 말을 하고 있지?"

"저도 아직 몰라요."

"그건 우주가 우리한테 말을 걸고 있는 게 아니라서 그래."

"아니에요, 할아버진 지금 아무 말도 안 듣고 계시잖아요. 제가
할아버지를 흉내내 볼까요?"

눈을 꼭 감고 검지로 귓구멍을 틀어막은 채 큰 소리로 외쳤다.

"라라라라라ー."

그때 어디선가 내 이름을 부르는 소리가 들렸다.

"누가 절 부르는 것 같네요?"

"줄리안! 줄리안!"

잔뜩 겁에 질린 엄마의 목소리였다.

"아, 이런! 저, 이만 가 볼게요!"

엄마가 현관 밖으로 뛰어나와 나를 와락 껴안았다. 그러고는 바
깥세상은 너무 위험하다는 듯 서둘러 내 손을 잡아끌고 집 안으로
들어갔다. 엄마는 울고 있었다.

"전 괜찮아요, 엄마. 죄송해요."

"줄리안! 너 괜찮니?"

푸키 누나가 호숫가에서 달려와 물을 뚝뚝 흘리며 물었다.

"난 괜찮아! 엄마가 부르는 소리를 얼른 못 들었어. 그것뿐이야."

푸키 누나는 정말로 안도하는 표정이었다. 아주 잠깐이었지만 예전의 누나 모습으로 돌아온 것 같았다.

"아, 진짜! 엄마, 주변 사람들 죄다 기겁하게 만들 거예요?"

누나가 엄마한테 쏘아붙였다.

"집에 모래 흘리고 다니지 말고 얼른 가서 씻어."

엄마가 울음을 멈추고 푸키 누나를 위아래로 훑어보며 말했다.

"네, 주인님."

누나가 눈을 가늘게 뜨고서 대답했다. 그 소리에 엄마가 숨을 크게 들이쉬었다. 나는 재빨리 화제를 바꾸었다.

"오늘 저녁 메뉴는 뭐예요?"

"나도 모르겠다."

엄마는 여전히 누나를 쏘아보고 있었다.

때마침 조앤 아줌마가 집에 도착했다.

"우리 식구들, 오늘 하루 잘 지냈나 보자!"

조앤 아줌마의 경쾌한 말소리에 푸키 누나는 후다닥 이층 계단으로 사라졌다. 엄마가 조앤 아줌마를 바라보며 한숨을 쉬었다.

"또 무슨 일이야?"

조앤 아줌마가 물었다. 나는 그러거나 말거나 큰 소리로 말했다.

"그럼 여러분, 오늘 저녁은 제가 준비할게요! 토스트, 어때요?"

"그래? 고맙구나, 꼬맹아!"

엄마와 조앤 아줌마는 현관에 그대로 선 채 심각하게 이야기를 나누었다. 대체 무슨 이야기를 저리 쑥덕대는지…….

불현듯 내 머릿속에 깍지콩 토스트라는 신메뉴가 번뜩였다. 우선 냉동실에서 깍지콩 봉투를 꺼내 전자레인지에 넣고 말랑말랑해질 때까지 익혔다. 우리 집 토스터는 워낙 오래되어서 빵을 굽는 데 시간이 오래 걸렸다. 콩도 서두를 필요 없이 식빵만큼 느긋하게 오랫동안 익혀 주었다. 마지막으로 질펀하게 불어난 콩을 바삭하게 구운 토스트 위에 올렸다. 자, 초간단 깍지콩 토스트 완성!

"식사하세요!"

푸키 누나는 깍지콩 토스트를 보더니 토하는 시늉을 했다.

"토스트? 장난해? 콩 국물에 다 탄 빵을 빠뜨려 놓고!"

엄마와 조앤 아줌마의 시선도 깍지콩 토스트에 붙박여 있었다.

"줄리안, 토스트에 정 콩을 올리고 싶으면 그냥 구운 콩이 좋지 않았을까?"

조앤 아줌마가 조심스럽게 말했다. 나는 접시를 내려다보았다. 내가 보기에도 썩 먹음직스러워 보이지는 않았다. 냄새도 좀 이상했고.

엄마가 한입 베어 물고는 뭔가를 음미하듯이 천천히 씹었다.

"음, 완두콩 캐서롤 같기도 한데."

"그래, 뭐, 시도는 좋았다고 생각해."

조앤 아줌마가 엄마를 물끄러미 쳐다보며 말했다.

"그럼 이것도 엄마가 드세요!"

푸키 누나가 자기 접시를 엄마 쪽으로 들이밀더니 계단을 뛰어 올라 이층 방으로 사라졌다.

"기다려! 정 안 되면 마시멜로 먹으면 돼!"

내가 외쳤다.

"줄리안, 그건…….."

엄마가 제동을 걸었다.

"네, 저도 알아요. 마시멜로는 특별할 때만 먹는다는 거."

"그래, 지금이 그때야. 어서 마시멜로를 가져와."

조앤 아줌마가 말했다.

그래도 오늘 저녁 식사는 꽤 근사했다. 마시멜로와 더불어 엄마가 만든 몇 가지 요리를 함께 먹었다. 기름에 튀긴 당근 스틱, 병아리콩을 삶아 곱게 간 후무스, 거기에 체리와 토마토까지. 그래도 나의 주된 공략 메뉴는 역시 마시멜로였다.

"아, 참, 푸키한테 적당한 캠프 찾았다고 말해 주려고 했는데. 아들, 네 제안 덕분이야. 고맙다."

엄마가 나를 보고 미소를 지었다.

"어떻게……, 여유가 되겠어?"

조앤 아줌마가 걱정스런 얼굴로 물었다.

"참가비가 드는 곳은 아니야. 특별한 도움이 필요한 아이들을 위해서 열리는 동물 치료 캠프인데, 거기 자원봉사자로 일해 보면 어 떨까 해서."

"잠깐만요, 엄마. 자원봉사라고요? 그것도 아픈 아이들을 돌보 는 캠프에서 하는 자원봉사요?"

"응, 푸키한테 좋은 기회가 될 것 같아서. 새 친구도 사귈 수 있 을 테고."

푸키 누나한테는 좋은 기회일지 모르겠지만 캠프에 온 아이들 한테는 어떨까?

"그건 그렇고 줄리안, 너도 뭔가 해 보고 싶지 않니?"

"전 바빠요. 우선 메시에 천체부터 추적하려고요. 혜성 찾는 데 영 방해가 되어서요. 또 별자리표도 만들고 있고요. 시리우스별이 봄에는 어디에 있고, 겨울엔 어디에 있는지……."

"우리 아들, 기특하기도 하지. 하지만 혼자 하는 일 말고, 친구와 어울리고 싶은 생각은 없어?"

이게 바로 엄마의 문제였다. 엄마는 왜 내 친구를 찾아 주는 것 이 자신의 임무라고 생각할까? 나 스스로 친구를 찾을 수 있다고는 왜 생각하지 않을까?

"괜찮아요, 엄마."

난 이미 친구를 찾았다. 바로 옆집에 사는 엑스 할아버지.

"꼬맹이는 괜찮아. 혼자서도 잘 놀잖아. 우리 어둠의 공주와는 다르지."

조앤 아줌마가 말했다.

"하지만 줄리안에게는 친구가 필요해."

엄마 목소리가 사뭇 애처롭게 바뀌어 있었다.

"정 그러면 개를 키우고 싶어요. 도시에서는 개 키울 생각 하지 말라고 하셨잖아요. 근데 이젠 시골에 살게 되었으니까."

"그건 안 되지. 누나한테 알레르기가 있잖니?"

"누나는 인생 자체에 알레르기가 있어요. 그리고 누나한테 진짜 알레르기가 있으면 동물 캠프에는 어떻게 간다는 거예요?"

"거긴 캠프장에서 멀리 떨어진 곳에다 말 농장을 운영하고 있어서 괜찮아. 아예 같이 사는 거랑은 다르지. 또 우리 민박집에 알레르기가 있는 손님이 올 수도 있고. 민박집에서 개를 키우면 비위생적으로 보이잖니? 사실 엄마는 지금 해결해야 할 일로도 너무 정신이 없구나. 감당하기 힘들어."

엄마가 입술을 깨물었다.

"조앤 아줌마는요?"

나는 뭐든 감당해 낼 능력이 있는 사람을 쳐다보며 물었다.

"난 너희 엄마 결정에 따를게."

아줌마는 개 이야기를 하는 내내 고개를 푹 숙이고 구부정한 자세로 앉아 있다가, 갑자기 자리에서 벌떡 일어나 현관으로 나갔다.

왜 그러지? 조앤 아줌마는 항상 자신만의 뚜렷한 의견을 가진 사람이었는다. 그런데 "너희 엄마 결정에 따를게."라니. 나는 의구심을 누르지 못하고 조앤 아줌마를 따라나섰다.

마침 옆집 변호사 아저씨가 우리 집에 막 도착한 참이었다.

변호사 아저씨가 조앤 아줌마에게 서류 봉투를 건넸다.

"시간 하나는 칼같이 지키시네요, 네?"

조앤 아줌마가 눈을 가늘게 뜨고서 말했다. 변호사 아저씨가 어깨를 으쓱하며 고개를 까닥했다. 그런 다음에 나를 보고 손을 흔들었다.

"책과 멋진 편지! 너, 참 친절한 아이더구나."

"제 편지를 읽으셨어요?"

"읽었지. 아! 그분이 나한테 읽어 달라고 하셔서. 그분은 아이들을 별로 안 좋아하지만, 넌 예외인 모양이더구나. 이 우정을 잘 가꾸길 바랄게."

뒤따라 나온 엄마가 그 소리를 듣고는 깜짝 놀라서 벌어진 입을 다물지 못했다.

"우정이라고? 줄리안, 나는 그런 줄은 미처 몰랐구나!"

그러고는 변호사 아저씨에게 득달같이 물었다.

"변호사님, 시아치타노 씨는 정신적으로 건강한 분인가요? 전과 기록 같은 건 없나요?"

"엄마!"

변호사 아저씨가 고개를 저었다.

"타인에게 해를 끼칠 분은 절대 아닙니다. 영혼에 상처를 입어

슬픔에 잠겨 있는 것뿐이지요. 인생에 아무것도 남아 있지 않은 것처럼."

변호사 아저씨가 떠나자마자 누나가 계단을 달려 내려왔다.

"뭐래요?"

엄마가 누나 말에는 대꾸도 하지 않고 대뜸 나를 보고 다그쳤다.

"옆집 할아버지랑 만났다는 얘기는 왜 안 했니?"

"왜요?"

"엄만 아직 인사도 나눠 본 적 없어. 네가 만날 사람은 엄마가 먼저 보고 위험한지 아닌지 판단해 봐야지!"

"그냥 이웃집 할아버지잖아요."

푸키 누나가 어이없다는 듯 눈을 부라렸다.

"그래도 우리가 알고 지낸 사람은 아니지."

엄마의 말 한마디 한마디가 내 가슴을 꽉 조이는 기분이 들었다.

"전 그 집 테라스에 간 것뿐이에요. 제가 소리 지르면 엄마가 다 들을 수 있는 거리라고요."

"정말 지겨워 죽겠어! 엄마, 저 꼬맹이의 활동 반경을 조금만 더 넓혀 주지 그래요?"

푸키 누나가 말했다.

"너한테 양육에 대해 조언해 달라고 부탁한 적 없다."

엄마가 딱 잘라 말하더니 책상 위에 놓인 서류를 뒤적였다.

"당장 옆집에 전화해야겠어."

그리고 내게 주의를 주듯 말했다.

"다음에 그분을 보면 꼭 엄마도 불러. 알겠니?"

"그건 좀……. 어쨌든, 알았어요."

나는 푸키 누나에게 눈으로 고맙다고 인사했다. 푸키 누나가 "별
말씀을."이라는 듯 어깨를 으쓱했다.

조앤 아줌마는 식탁에 앉아 변호사가 주고 간 서류를 살펴보았
다. 혼잣말처럼 낮게 중얼거리던 욕설이 점점 더 커지고 또렷해졌
다. 엄마가 "흠! 흠!" 하고 목청을 가다듬는 소리를 내자 조앤 아줌
마가 슬쩍 눈치를 살폈다. 나는 엄마가 입을 벌린 채 턱을 밑으로
떨구면 조앤 아줌마가 욕설을 멈춘다는 사실을 알고 있었다. 엄마
만 아니면, 나도 삼라만상의 욕설을 다 수집할 수 있을 텐데……
참 아쉬운 노릇이었다.

조앤 아줌마가 거친 욕설을 한 번 더 내지르고는 서류 더미를 식
탁 위에 탁 내려놓았다.

"20일 안에 답해 주면 된다 이거지?"

나는 조앤 아줌마와 엄마를 번갈아 보며 물었다.

"그게 무슨 뜻이에요?"

"줄리안, 이제 자러 갈 시각이다."

엄마가 휴대폰에 번호를 꾹꾹 누르며 말했다.

자러 갈 시각이라니? 아직 이른 저녁인데? 참, 나! 엄마는 날 내
보낼 생각으로 아무렇게나 말을 내뱉은 거다.

부엌을 막 나오는데, 엄마가 엑스 할아버지와 통화하는 소리가 들렸다.

엄마는 "우리 줄리안이 선생님을 귀찮게 하지나 않았는지……." 하고는 잠시 말을 멈췄다가 "오, 사랑스러운 아이죠. 하지만 만일 그 애가……." 그러고는 다시 말을 멈췄다가, "알겠습니다. 선생님 께서도 좋은 저녁 보내세요. 그럼 안녕히 계세요." 하고 전화를 끊었다.

엄마 말이 자꾸만 끊기는 걸 보니, 엑스 할아버지가 엄마에게 퉁명스럽게 대꾸한 걸까? 아, 저런 게 바로 진짜 기술이다.

고개를 절레절레 흔들며 감탄을 하다가, 나무집 사다리 밑에서 돌멩이를 밟고 넘어질 뻔했다. 문제의 돌멩이를 주워 들고 나무집으로 올라왔다. 손전등으로 비춰 보니 돌 안에 우주가 들어 있었다. 맥동성처럼 줄무늬가 나 있고, 블랙홀처럼 아주 깊이 파인 자국들도 있었다.

우주는 운석, 곧 돌로 구성되어 있다. 돌을 하나 손에 쥐고 있으면 우주를 손에 쥐고 있는 셈이다. 요가 매트에 누워 돌을 가슴 위에 올려놓았다. 돌의 무게가 마음을 차분하게 가라앉혔다. 하지만 잠은 오지 않았다.

20일 안에 무얼 답해 주면 된다는 걸까? 어른들은 종종 아이들은 상황이 어떻게 돌아가는지 모르는 편이 낫다고 여긴다. 하지만 비밀은 더 많은 상상을 불러일으킨다는 사실은 왜 간과할까? 엑스 할아버지는 내 친구다. 엑스 할아버지와 친구가 되면 우리 가족에게는 배신자가 되어야 한다. 나는 누구 편을 들어야 할지 정말 걱정이다.

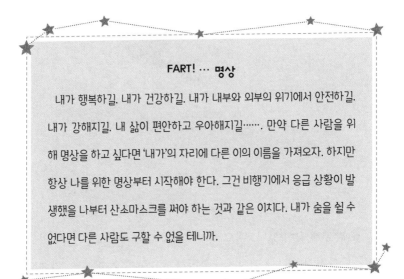

FART! … 명상

내가 행복하길. 내가 건강하길. 내가 내부와 외부의 위기에서 안전하길. 내가 강해지길. 내 삶이 편안하고 우아해지길……. 만약 다른 사람을 위해 명상을 하고 싶다면 '내가'의 자리에 다른 이의 이름을 가져오자. 하지만 항상 나를 위한 명상부터 시작해야 한다. 그건 비행기에서 응급 상황이 발생했을 나부터 산소마스크를 써야 하는 것과 같은 이치다. 내가 숨을 쉴 수 없다면 다른 사람도 구할 수 없을 테니까.

아폴로 13

한밤중에 잠이 깼다. 엑스 할아버지네 테라스에 불이 켜져 있었다. 할아버지는 나무 벤치에 구부정하게 앉아 있었다. 나는 가슴팍에 얹어 둔 돌을 챙겨 할아버지에게 한달음에 달려갔다.

"이거 진짜 굉장해요. 이 돌 하나로 전 우주를 볼 수 있다는 거아세요?"

엑스 할아버지가 한숨을 내쉬었다.

"넌 잠도 안 자니?"

"제가 깊은 잠을 못 자서요."

"나도 그렇다."

할아버지가 퉁명스럽게 말했다.

"그럼 저랑 같이 혜성을 찾아보실래요?"

"싫다."

할아버지의 목소리는 너무 흐릿해서 살아 있는 사람의 음성 같지가 않았다.

"혜성 하나에 이름을 두 개 붙여도 되거든요. 혜성을 찾으면 할아버지 이름도 붙여 드릴게요. 그럼 할아버지도 영원히 살 수 있잖아요."

할아버지는 아무 대꾸도 없이 멀뚱히 앞만 쳐다보고 있었다. 우리 집 증축 건물이 가리지 않았다면 저 앞으로 호수가 보였을 텐데……

"좋아요, 그럼 제가 혜성을 찾을 수 있게 행운을 빌어 주세요."

나는 할아버지를 등진 채 걷다 말고 다시 뒤를 돌아보고 말했다.

"불법 증축은 정말 죄송해요. 전 호수를 싫어하지만……. 만약 제가 호수를 좋아했다면 전망을 가로막은 것에 엄청 화가 났을 거예요."

엑스 할아버지가 천천히 고개를 돌려 나를 보고는 눈을 깜빡이며 물었다.

"호수가 왜 싫은데?"

"빠져 죽을 수 있잖아요."

"수영을 하면 되지."

"그거야 수영을 할 줄 알 때 가능한 얘기죠."

할아버지가 자리에서 벌떡 일어났다.

"너, 정말 수영을 못하는 거냐?"

나는 구명조끼에 달린 줄을 손가락에 돌돌 감았다가 풀었다.

"수영에는 별로 관심이 없어서요."

"네 나이가 지금 몇이지?"

"열두 살이요."

할아버지가 나를 빤히 바라보았다.

"그런데 수영을 못한다?"

"강습은 받았어요, ……수료증도 있고."

"수료증?"

"어……, 네."

갑자기 목소리가 갈라져서 나왔다. 왠지 할아버지가 내 머릿속
대뇌피질의 전두엽을 꿰뚫어 보는 듯한 느낌이 들었다.

"그 수료증은 가짜구나."

아씨우감마노! 할아버지가 어떻게 알았지? 내 대뇌피질에서 죄
책감이 줄줄 새어 나오기라도 하는 걸까? 또는 할아버지 역시 나처
럼 유니 센서인 걸까?

"어디, 그 얘기 좀 들어 보자."

할아버지 목소리가 전에 없이 기세등등했다.

"다른 사람한테는 얘기하기 없기예요. 아셨죠?"

내 생각이 할아버지 뇌로 곧바로 전달되고 있는 상황이어서 사

실 숨길 수도 없었다. 나는 구명조끼 줄을 손가락에 돌돌 감았다가 풀기를 반복하며 이야기를 시작했다.

"마지막 수영 강습이 끝났을 때, 선생님이 수강생 이름이 적힌 수료증에 한 장씩 사인을 해서 의자에 올려놓고 있었어요. 그때 어떤 애 엄마가 수영 선생님을 찾아왔어요. 선생님은 그 엄마랑 얘기를 하면서 무의식중에 사인을 계속했던 거예요. 제 이름이 적힌 수료증은 건너뛰어야 하는데도 말이에요. 선생님이 제 수료증을 의자에 내려놓자마자, 저는 그 수료증을 슬쩍 집어 들고 라커룸으로 갔어요. 아주 자연스럽게요. 〈오션스 일레븐〉의 맷 데이먼처럼……."

"그래서 넌 아직도 수영을 할 줄 모르고?"

"네, 하지만 괜찮아요. 제가 물가에 가지 않으려고 늘 조심하고 있으니까요."

"내가 네 엄마랑 얘기 좀 해 봐야겠구나."

"안 돼요! 엄마가 아시면 절대 안 돼요. 제발요, 네?"

"이건 안전에 관한 문제야. 넌 호수 바로 옆에 살고 있잖니?"

"그래서 구명조끼를 입었잖아요!"

"너, 이 문제의 심각성을 모르는구나?"

"아, 알아요. 물은 엄청 중요하죠. 맷 데이먼이 깨끗한 물 만들기 운동을 하고 있다는 거 아세요? 또 깨끗한 화장실 가꾸기 운동도 하고 있는데요. 세상에, 지구에 사는 70억 인구 중에 25억 명이 화장실도 없이 산대요. 그 사람들은 대체 어디에서 볼일을 보는 걸까요? 뭐, 좋아요. 시냇가든 강가든, 소변을 누겠지요. 그런데 그건 오줌을 싼 물로 몸을 씻는다는 뜻이에요. 대변은요? 풀숲에 싸지르는 게 일상일 텐데, 신문지라도 있으면 다행이죠. 신문지에 똥을 싼 뒤 돌돌 말아 가능한 한 멀리 던져 버리는 거예요. 아무도 비난할 수는 없을걸요? 자기가 싼 똥을 간직하고 싶은 사람은 없으니까요. 저는 그걸 하늘을 나는 변기라고 불러요."

나는 할아버지가 호수에 대해, 또 수영에 대해 이야기하는 것을 참을 수가 없어서 쉬지 않고 아무 말이나 계속해 댔다.

"이런 얘기를 하는 제가 좀 이상해 보이시겠지만, 한 걸음 더 나아가기 위해서는 그동안 외면해 온 문제들을 정면으로 마주 볼 필요가 있어요."

할아버지가 내 말을 멈추게 하려고 손바닥을 들어 보였다. 하지만 나는 숨을 참은 채 이야기를 계속했다.

"이제 그걸 실천하려고요. 11월 19일은 세계 화장실의 날이거든요. 그날 거리로 나가서 사람들에게 화장지를 나눠 줄 거예요. 핼러윈 데이 때 사탕 얻으러 돌아다니는 거와 같죠. 받는 게 아니라 나눠 주는 거고, 사탕이 아니라 화장지라는 점이 다르긴 하지만요. 푸키 누나는 제가 미쳤대요. 엄마도 다시 생각해 보라고 하시지만, 조앤 아줌마는 대형 마트에서 48개들이 두루마리 화장지를 사 주시겠다고 했어요."

마침내 할 말이 뚝 떨어졌다. 얼른 거짓으로 하품을 했다.

"이제 전 자러 가야 할 것 같아요."

"혜성을 찾는다더니?"

"갑자기 졸음이 쏟아져서요. 안녕히 주무세요, 할아버지!"

수영 얘기는 꺼내지 말았어야 했다. 엄마와 조앤 아줌마 귀에 그 얘기가 들어가는 날에는 끔찍한 일이 벌어질 거다. 조앤 아줌마는 "꼬맹아! 이번 여름엔 우리 함께 수영하자. 재밌겠지!"라고 말할 테고, 엄마는 〈타이타닉〉 같은 영화를 보여 주면서 영화 치료를 시도하려 할 거다.

한번은 이런 일도 있었다. 엄마는 익사에 대한 두려움을 극복하는 데 도움이 될 거라며, 내게 해일에 관한 재난 영화 〈더 임파서블〉을 꺼내 들었다. 조앤 아줌마마저 "그게 좋은 생각이라고 생각해?"라며 만류했지만 결국…… 클라라와 함께 그 영화를 보게 되었다. 클라라는 내 평행 우주 친구인데 그 애 역시 물을 엄청 무서워했다.

영화는 점점 긴장감이 고조되어 해일에 휩쓸린 주인공의 가족이 물속 회오리에 빨려드는 대목에 이르렀다. 등장인물들이 회오리 속을 빙글빙글 돌면서 수면 위로 솟구치는 나뭇가지와 쓰레기들에 몸을 부딪히자, 내 입에서는 연거푸 비명이 터져 나왔다. 엄마는 깜짝 놀라서 허둥지둥 영화를 껐다. 그러자 이번엔 클라라가 길길이 뛰었다. "그러기엔 늦었어요, 안 그래요? 전 계속 볼 거예요! 아줌만 무슨 생각으로 영화를 마음대로 끄시는 거죠?" 그래서 하는 수 없이 나도 "괜찮아요."라고 말했다.

결국 주인공 가족은 아무도 죽지 않고 모두 목숨을 건졌다. 어쨌거나 내가 보기엔 그 영화 제목을 '물에 빠져 죽을 뻔한 무서운 이야기'로 바꾸는 게 낫지 않을까 싶은데……. 좌우간에 영화 치료는 무의미했다. 그 후로도 나는 지금까지 물에 빠져 죽는 악몽에 시달리고 있기 때문이다.

다음 날부터 나는 엑스 할아버지를 슬슬 피해 다녔다.

할아버지는 낮에는 집 밖으로 거의 나오지 않고 주로 밤에 움직였다. 푸키 누나는 그런 엑스 할아버지를 두고 '뱀파이어나 악귀'일 거라고 했고, 엄마는 그냥 '속세를 등진 은둔자'라고 했다.

어쨌거나 지금 우리 가족은 늦은 저녁을 먹고 있었고, 날은 점점 어두워지고 있었다. 이는 곧 엑스 할아버지가 집 밖으로 나올지도 모른다는 뜻이었다. 나는 바짝 긴장이 되었다.

문득 조앤 아줌마가 뜻밖의 화제를 꺼냈다.

"참, 내 친구 엘리슨이 마우이섬 공유 별장을 쓰지 않겠냐고 묻더라?"

"공유 별장이 뭔데요?"

"콘도를 살 여유가 없는 사람들이 돈을 모아서 함께 쓸 수 있게 한 별장이야."

"뭐라고요? 잠깐, 지금 하와이에 있는 마우이섬을 말씀하신 거맞아요?"

푸키 누나가 반색하며 물었다.

"우린 그럴 여유가 없어."

썩둑 소리가 날 만큼 단칼에 베는 듯한 엄마의 말에 푸키 누나가 아프리카산 맹독성 뱀 퍼프애더처럼 고개를 빳빳이 들고 말했다.

"숙박이 공짜라는 거잖아요. 그쵸, 아줌마?"

"응."

"비행기 티켓은? 거기까지 어떻게 가려고?"

조앤 아줌마가 어깨를 으쓱했다.

"내 말은, 앞으로 한동안 정신이 없을지도 모르잖아. 잠깐이라도 휴식을 취하면서 에너지를 보충하면 어떨까 하는 거지. 어쩌면…… 마지막 기회일지도 모르잖아?"

엄마는 단호하게 고개를 내저었다.

"아, 엄마! 엄만 항상 모든 걸 다 망쳐야 속이 시원해요?"

푸키 누나가 쿵쿵거리며 이층 방으로 올라가 버렸다.

어색하고 냉랭한 침묵이 흘렀다. 나는 남몰래 기막힌 생각을 떠올렸다. 밤이 되면 모험을 무릅쓰고 엑스 할아버지에게 내 생각을 제안할 작정이었다.

아주 늦은 밤, 엑스 할아버지네 테라스에 비로소 불이 들어왔다.

나무 벤치 위에 엑스 할아버지가 눈을 감고 누워 있었다.

"안녕하세요, 할아버지. 저예요!"

엑스 할아버지가 깜짝 놀라 몸을 반쯤 일으키고는 나를 흘긋 쳐다보았다.

"무슨 일 있냐?"

"그런 건 아니고요. 기막힌 아이디어가 떠올랐어요!"

엑스 할아버지가 크흐음 목 긁는 소리를 냈다.

"아침까지 기다리면 안 되겠니?"

"지금 깨어 계신데, 굳이 그럴 필요가 없잖아요?"

엑스 할아버지가 끙 소리를 내며 허리를 곧추세우고 앉더니, 한쪽 눈만 뜨고 노려보듯 나를 쳐다보았다. 나는 상관하지 않고 흔들의자에 앉았다.

"공동 소유 어떠세요, 할아버지?"

"맙소사, 너희 집 증축 건물 말이냐?"

"그게 아니고요! 개 말이에요. 개!"

"개를 공동 소유한다고?"

할아버지 얼굴에 살짝 호기심이 비쳤다.

"네, 그럼 할아버지도 개와 함께 즐거운 시간을 보내실 수 있잖아요. 돌보는 건 제가 할게요."

"조건은?"

"비용만 대 주세요. 아, 할아버지 댁에서 키우고요."

"오, 오, 기가 막히는군. 어디 생각 좀 해 볼까? 이런, 생각하고 자시고 할 것도 없구나. 내 대답은 '아니오!'다. 자, 이제 가서 잠이나 자거라."

"개를 키우면 할아버지한테도 좋을 텐데요. 우리 셋이 놀기도 하고, 산책도 나가고……. 개한테 입힐 구명조끼를 살 정도의 돈은 있어요. 제 구명조끼랑 어울리는 걸로요."

"내 개는 구명조끼 따윈 안 입는다. 만약 내가 개를 키운다면 그 개는 수영을 할 줄 알 테니까."

"그 개가 수영하기를 싫어할 수도 있잖아요."

"그럼 그냥 호수에 던져 버려야지."

"뭐라고요!"

나는 의자에서 벌떡 일어나며 소리쳤다.

"개들은 태어날 때부터 수영을 할 줄 알아. 물속에 집어 던져도 자연스럽게 헤엄칠걸? 암, 내 개가 수영을 못한다니, 말도 안 되지."

나는 구명조끼 줄을 손가락에 돌돌 감기 시작했다.

"까짓것 너도 같이 헤엄치면 되잖니? 아님 선착장에 서서 멀뚱멀뚱 개헤엄이나 구경하든가."

할아버지가 얄밉게 말했다.

"전 구경만 할래요."

"좋을 대로."

나는 구명조끼 줄을 감았다 풀기를 계속하면서 그 개가 내 개가 되기를 바랐다.

"이름은 시리우스라고 지을래요."

"'시어리어스('진지한'이라는 뜻.—옮긴이)' 말이냐? 개들은 진지하지 않은데?"

"아뇨, 큰개자리 별 시리우스요."

엑스 할아버지가 끙 하고 신음 소리를 냈다.

"할아버지도 시리우스를 엄청 좋아하시게 될 거예요."

나는 할아버지를 보고 씩 웃었다.

"난 개 키우기엔 너무 늙었다. 그래도 네가 키울 수 있게 도와는 주도록 하지……. 먼저 수영을 배우겠다고 약속한다면 말이다."

"뭐라고요? 그건 싫어요. 전 유니 센서예요. 그건 우주의 신호를 감지할 수 있는 고감도 안테나가 있다는 뜻이고요. 그런데 우주가 저한테 수영은 좋지 않다고 해요."

"그래서 평생 수영을 안 하겠다고? 이건 언젠가 극복해야 할 문제야."

"왜요? 어른이 되어도 운전을 하는 대신 걸어 다니는 사람이 있잖아요. 엘리베이터가 싫어서 계단으로 올라가는 사람도 있고요. 그래서 더 건강하기만 한걸요. 저도 수영을 하지 않기로 선택한 거예요. 물가를 멀리하기로 작정했으니까, 물에 빠져 죽을 위험도 줄어들겠죠."

"수영을 배우면 물에 빠져 죽을 일이 아예 없지."

"농담하세요? 수심 8센티미터짜리 물웅덩이에서 빠져 죽는 사람도 있어요! 그런 일이 실제로 일어난다니까요!"

엑스 할아버지는 어이가 없다는 표정을 지었다.

"정말이에요! 책에서 읽었어요. 어떤 꼬마는 물이 겨우 발목까지 오는 작은 오리 연못에서 발을 헛디뎌 익사했다고요."

엑스 할아버지가 손을 휘휘 내저었다.

"그건 소설이잖니!"

"아니에요! 작가의 친동생 얘기라니까요!"

엑스 할아버지가 별자리를 관찰하기라도 하듯 머리를 뒤로 젖혔다.

"개에 대한 생각만 하자꾸나. 수영을 배울지 말지, 다시 한 번 고민해 보거라. 그럼 너도 수영에 관심이 생기겠지."

"좋아요, 만일 제가 생각해 보고 수영은 안 하기로 해도, 시리우스는 키울 수 있는 거예요?"

엑스 할아버지가 손바닥을 이마에 갖다 댔다. 그건 주로 조앤 아줌마가 편두통이 생길 때 하는 행동이었다.

"아마 키울 순 있겠지. 하지만 그 개는 수영을 하게 될걸?"

나는 벌떡 일어나 구명조끼를 꽉 움켜쥐었다. 그러고는 잰걸음으로 나무집 쪽으로 향하면서 중얼거렸다.

"그래도 난 시리우스에게 구명조끼를 사 줄 거야."

"꿈 깨셔!"

등 뒤에서 엑스 할아버지가 소리쳤다.

다음 날, 아침을 먹으러 부엌에 들어갔을 때 엄마가 막 전화 통화를 끝내고 있었다.

"오늘 밤 천체 망원경으로 우주 구경 안 하실래요?"

하지만 엄마는 멍한 눈빛으로 딴소리를 했다.

"옆집 할아버지, 참 친절하시지. 그렇지?"

"방금 엑스 할아버지랑 통화하신 거예요?"

엄마가 고개를 끄덕였다.

"응. 그런데 줄리안, 전에 네가 받았던 수영 강습 말이다. 그게 별로 큰 도움이 안 됐던 것 같지?"

엄마가 나에게 미소를 지었다. 그 미소는 어딘가 억지스러웠다. 나는 온몸이 뜨거워지는 것을 느꼈다. 뺨이 불타는 것만 같았다.

그때 누나가 험악한 욕설을 퍼지르며 계단을 뛰어 내려왔다.

"왜 그래?"

"변기가 넘쳐흘러요!"

엄마가 계단으로 뛰어 올라가며 물었다.

"뭘 어쨌길래?"

"제 잘못이 아니에요! 낡아 빠진 이 집 때문이라고요! 그냥 워싱턴 디시에 살았어야 했어!"

"나 좀 도와 줄래? 양동이랑 수건 좀 가져와!"

푸키 누나가 몇 마디 욕설을 더 내뱉고는 찬장에서 키친타월과 양동이를 꺼내 계단을 뛰어 올라갔다.

그때 식탁 위에 놓인 엄마의 휴대폰이 울렸다. 나는 엄마에게 전해 주려고 휴대폰을 집어 들다가 전화 건 사람의 이름을 보고 말았다. X. 시아치타노…… 홧김에 휴대폰을 쾅 소리 나게 식탁 위에 내려쳤다. 엑스 할아버지는 어떻게 내 비밀을 고자질할 수 있지? 생각하면 할수록 더욱더 화가 치밀었다. 아씨우감마노! 무지무지 고맙네요, 엑스 할아버지!

나는 잽싸게 나무집으로 올라가 편지를 썼다.

안녕하세요, 엑스 할아버지.

저예요, 줄리안. 할아버지한테 정말 화가 났어요. 너무 화가 나서 이대로 할아버지를 만나면 큰 소리가 나올 것 같아요. 마구마구 소리를 지를지도 몰라요.

전 우리가 친구라고 생각했어요. 그런데 왜 엄마한테 제 비밀 이야기를 하셨어요? 수영 얘기 말이에요. 그것 때문에 지금 엄마가 또다시 헬리콥터 맘이 되려고 해요. 꼭 이렇게까지 하셔야 했나요?

전요, 우리 개한테 구명조끼를 입히고 말 거예요. 시리우스 말이에요. 세상 모든 개가 수영을 하리란 법은 없잖아요. 사람들은 자기 개가 물을 좋아하는지 싫어하는지도 모르면서 물에 던져 보면 안다고 하지요.

그건 무책임하고 비열한 짓이에요. 위험이기도 하고요. 미국 연방 수정 헌

법 제8조—잔혹하고 비정상적인 처벌에 대해 찾아보세요. 할아버지와 개를 공유하면 얼마나 좋을지 생각한 적도 있었지만, 그게 과연 좋은 생각인지 이젠 저도 확신이 안 서네요.

— 한때 할아버지의 친구였던 줄리안 드림.

그길로 엑스 할아버지네 현관으로 달려간 뒤, 나중 일은 생각도 하지 않고 문 앞에 편지를 두고 왔다. 마음이 쓰라렸다. 한때나마 엑스 할아버지는 내 친구, 그것도 유일한 친구였다.

내가 그렇게나 울적해 보인 걸까? 그날 저녁, 퇴근 후 집에 돌아온 조앤 아줌마가 내게 뭔가 재미있는 걸 하자고 했다. 드디어 조앤 아줌마에게 천체 망원경을 보여 줄 수 있게 되었다! 하지만 창밖을 보니 구름이 잔뜩 끼어 있었다. 이런 걸 두고 운수 사나운 날이라고 하나 보다.

조앤 아줌마가 말했다.

"〈아폴로 13호〉 보자!"

내 인생 영화 〈아폴로 13호〉! 땀구멍이 움찔, 심장이 쫄깃할 만큼 무섭지만, 중요한 건 해피엔드라는 거다. 게다가 실화를 바탕으로 했다. 바로 1970년에 쏘아 올린 미국의 우주선 아폴로 13호의 이야기를⋯⋯.

달 탐사선 아폴로 13호에는 우주 비행사 세 사람이 올라타 있었다. 그런데 달로 가는 도중에 산소 탱크가 폭발했다. 얼마 못 가 산

소도, 전력도 뚝 떨어지게 생긴 거다. 달 착륙은 물 건너갔고 당장 지구로 귀환해야 할 상황.

우주선의 전력은 최후의 최후까지 아껴야 했다. 그래서 비행사들이 생명을 유지하는 데 꼭 필요한 장치만 빼고 대부분의 우주선 장치를 껐다. 그러고는 달의 중력에 기대 둘레를 돌다가 지구 궤도로 진입하는 코스를 택했다. 전력을 아끼느라 비행사들은 모선에 딸린 소형 우주선인 달착륙선으로 옮겨 탔다. 그 춥고 좁은 달 착륙선에서 추위와 굶주림을 견디며 사투를 벌여야 했다.

이 작전이 성공할지 실패할지는 아무도 알 수 없었다. 하지만 아폴로 13호는 외톨이가 아니었다. 전 세계인이 세 우주 비행사의 무사 귀환을 간절히 기원했기 때문이다. 그래, 맞다! 우주 공간에 떠 있는 사람에게 국적이 무슨 의미가 있을까? 사람이 사람에게 응원을 보내는 건 너무나도 당연한 일이었다. 우리는 모두 거대한 한 팀이니까.

엑스 할아버지 말대로 수영을 배우는 게 내가 살면서 꼭 극복해야 할 하나의 고비라면……, 나 같은 어린애에게도 전 인류가 마음을 모아 아폴로 13호 때와 똑같은 심정으로 응원을 보내 줄까? 설사 그렇다고 해도 아직까지는 그런 위험을 무릅쓸 자신이 없었다.

작은 한 걸음

평소에 나는 쇼핑을 좋아하지 않지만, 오늘은 조앤 아줌마를 따라나서기로 했다. 집에 있으면 내가 왜 친구를 사귀지 못하는지 온종일 자책만 하고 있을 게 뻔했다. 막판에 푸키 누나도 차에 올라탔다. 혹시 누나도 기분 전환이 필요한 걸까?

우리가 마당을 빠져나갈 때, 변호사 아저씨가 탄 차가 우리 옆을 지나 엑스 할아버지네 집 앞에 멈춰 섰다.

"저 사람은 저 집 일밖에 할 게 없나 봐."

조앤 아줌마가 투덜거렸다.

우리는 성모 마리아상이 있는 작은 동굴 옆 식료품점에 도착했다. 조앤 아줌마는 가게로 직행하고, 나와 누나에게는 자유 시간이 주어졌다. 나는 곧장 성모 마리아상 앞으로 달려갔다.

성모 마리아상은 손을 흔들고 있었다. 나도 답례로 손을 흔들어 주었다. 성모 마리아상은 엄마와 약간 닮은 것 같았다. 안색이 조금 더 창백한 것만 빼면.

"안녕하세요, 성모 마리아님. 그 푸른색 가운이 좋아요. 우리 엄마도 그거랑 똑같은 거 갖고 계시거든요."

성모 마리아상은 아무 대답이 없었다.

"사람이 죽으면 별이 되는 거 맞죠? 저는 그렇게 믿거든요. 이왕이면 별도 선택할 수 있으면 좋겠는데……. 그러니까 정말, 정말, 진심으로 시리우스별이 되고 싶다면, 열심히 소원을 빌면 이루어지겠죠. 그렇죠?"

성모 마리아상이 보일 듯 말 듯한 미소를 지었다. 내 생각이 맞다고 대답하는 것처럼 느껴졌다. 하지만 내가 엑스 할아버지의 고자질 사건에 대해 불평을 늘어놓으려고 하자, 얼굴에서 웃음기를 싹 거두었다. 한때의 친구라도 그 친구의 잘못을 일러바치는 건 나쁘다는 뜻일까?

"죄송해요."라고 중얼거리자 성모 마리아상은 이번에는 더욱 파리해진 얼굴로 그게 문제가 아니라고, 얼른 가서 푸키 누나 곁에 있어 주라는 신호를 보냈다.

나는 식료품점으로 서둘러 발길을 돌리다가, 가게 옆 도로가에서 벌어지고 있는 광경에 심장이 멎는 줄만 알았다. 푸키 누나가 빨간색 카마로 스포츠카 위로 몸을 숙이고 있는데, 웬 남자가 푸키 누나 반바지 엉덩이 위에 쓰인 글씨를 골똘히 쳐다보고 있었다. 평소 푸키 누나는 스포츠카 따위는 시시하다고 말했는데 대체 무슨 변덕이람?

그동안 나는 엄마가 왜 엉덩이에 글자가 새겨진 반바지를 입는 것에 그렇게 화를 내는지 이해하지 못했다. 이제 보니 알겠다. 남자는 고작 단어 하나를 읽는 데 무한한 시간을 쓰고 있었다. 나는 큰소리로 외치고 싶었다. "소리 내 읽어! '이스턴'이 그렇게 어려운 단어도 아니잖아!"라고.

남자가 히죽 웃더니 손등으로 코밑을 쓱쓱 닦았다. 평소 같으면 남자들의 그런 행동에 질색하는 푸키 누나가 지금은 그런 사실을 눈치채지조차 못하고 있었다.

드디어 푸키 누나가 뒤로 돌아서서 그 남자를 올려다보았다. 이번에 남자의 시선이 꽂힌 곳은 누나의 얼굴이 아니라 가슴이었다. 어라, 저건 또 뭐지? 누나 표정이……. 입을 헤벌리고서 함박웃음을 짓잖아? 꼭 저 상황을 즐기고 있는 것처럼! 어어? 갑자기 남자의 머리가 푸키 누나 얼굴 위로 다가갔다. 저 코에서 코딱지라도 떨어지면 푸키 누나의 입속으로 쏙 들어갈 것만 같았다. 웩, 더러워!

"차 근사한데?"

푸키 누나가 말했다.

"고마워. 너도 운전하니?"

"아직 면허를 못 땄어. 우리 부모님은 과잉 보호를 하는 편이라."

푸키 누나가 면허증이 없는 건 그 때문이 아니었다. 누나는 이제 겨우 열다섯이었다.

"음, 원한다면 내가 태워 줄 수도 있는데. 난 바로 저쪽에 살아."

남자가 오른쪽으로 고개를 돌리며 말했다. 하지만 시선은 여전히 푸키 누나의 가슴팍에 머물러 있었다.

나는 두 사람 사이로 급히 비집고 들어갔다.

"됐고요. 우리 집에도 스바루 아웃백 자동차 있거든요. 안전장치란 장치는 죄다 달려 있어요. 그러니까⋯⋯."

"못살아."

푸키 누나가 나에게 낮게 으르렁거렸다.

"넌 누구?"

"전 누나 동생이에요."

"조용히 안 해!"

푸키 누나가 신경질을 부리며 말했다.

"조앤 아줌마가 누나 빨리 데려오래."

내 입에서 생각지도 못한 거짓말이 튀어나왔다.

"푸키!"

그때 정말로 조앤 아줌마가 푸키 누나를 불렀다.

"저 바빠요!"

조앤 아줌마가 고개를 한쪽으로 기울인 채 양쪽 허리춤에 손을 엊었다.

"아까 네가 직접 고르고 싶다고 한 거 있지 않았니?"

푸키 누나가 분통을 터뜨리며 조앤 아줌마한테로 후다닥 달려갔다. 나는 그 와중에도 누나의 엉덩이에서 눈을 떼지 못하는 남자의 앞을 막아서며 도전적으로 말했다.

"저 아줌마 보여요?"

"누군데?"

"조앤 아줌마는 왕년에 소방서 팔씨름 대회 챔피언이었어요. 한때는 선원으로 일하면서 온갖 욕을 마스터했고요."

남자가 어깨를 으쓱했다. 대수롭지 않다는 표정이었다.

"만약 그쪽이 우리 누나한테 손끝이라도 까딱했다간 조앤 아줌마가 고환을 걷어차 버릴걸요."

그제야 남자는 표정이 확 굳어지더니, 황급히 카마로 스포츠카를 몰고 사라졌다. 마침 볼일을 마친 푸키 누나는 이쪽으로 걸어오더니 내 팔을 꽉 움켜잡았다.

"너, 아까 그 사람한테 뭐라고 했어?"

"아무 말도 안 했는데?"

"친구 사귈 기회를 확 망쳐 주고……. 아이고, 고마우셔라!"

푸키 누나가 내 팔을 떨치더니 어깨까지 홱 떠밀었다.

"이제 너랑은 완전히 끝났어, 줄리안."

푸키 누나가 나를 줄리안이라고 부르는 건 좀처럼 드문 일이었다. 이제 푸키 누나는 나를 낯선 사람 대하듯 했다. 마치 내가 다른 행성에 사는 사람이라는 듯이.

집에 도착했을 때, 나무집 아래 놓인 불룩한 봉투를 발견했다. 봉투 속에는 물안경과 '시리우스'라는 이름이 새겨진 소화전 모양의 금속 장식이 들어 있었다. 그 봉투에는 최고의 선물과 최악의 선물이 동시에 들어 있었다. 기분이 이상했다.

쪽지가 들어 있지는 않았지만, 이걸 보낼 만한 사람은 엑스 할아버지뿐이었다. 이건 우리가 시리우스를 키우게 될 거라는 의미였다. 단, 내가 수영을 한다는 조건 하에서.

다음 날 아침, 집 안으로 들어가 보니 조앤 아줌마가 이층 욕실에서 연장을 들고 고장난 변기와 싸우고 있었다. 온 집 안이 쿵쾅대는 연장의 소음과 아줌마의 욕설로 시끄러웠다.

엄마는 어수선하게 부엌 안을 서성대고, 푸키 누나는 자기 방 물건들을 식품 저장실로 옮기고 있었다. 변기를 수리하는 동안, 누나가 식품 저장실에 간이 침대를 두고서 생활하기로 했다는 거다.

엄마는 말은 그렇게 했지만, 실은 증축 건물을 못 쓰게 될 경우에 이층의 누나 방과 내 방을 손님방으로 내줄 생각을 하는 것 같았다. 벌이가 제대로 되는지 시험 삼아 민박을 운영해 볼 요량으로.

누나는 맥 앤 치즈 상자를 차곡차곡 쌓아 테이블처럼 만든 뒤 그 위에 빈 사진틀을 올려놓았다. 그 사진틀에는 아직도 '규격 8×10'

이라고 적힌 종이만 끼워져 있었다.

나는 식탁에 앉아 시리우스라고 적힌 개 목걸이 장식을 만지작거렸다.

"그건 뭐니?"

"시리우스의 목걸이 장식품이에요."

엄마가 무슨 뜻인지 모르겠다는 듯 얼굴을 찡그렸다.

"시리우스는 제 개 이름이에요. 우리가 만약 개를 키우게 된다면 말이에요."

그때 식품 저장실에서 볼멘소리가 터져 나왔다.

"뭐야! 줄리안이 재채기라도 하면 지구가 돌기를 멈추지. 근데 나한테 개털 알레르기가 있다는 건 아무 상관 없다 이거야? 줄리안이 원하면 들어줘야 하니까?"

"난 그런 말 한 적 없……."

푸키 누나가 엄마 말을 가로막았다.

"엄마는 날 아픈 애들 돌보는 개떡 같은 캠프에나 보내려고 하고. 거기에다 방도 빼앗고……."

"시범 삼아 해 보자는 거잖니? 그 방 원래 좋아하지도 않았으면서, 뭘."

엄마가 재빨리 받아쳤다.

"거지 같은 방이라도 내 방이라고! 언제까지 식품 저장실에서 지내란 말이야? 아빠가 있었다면 딸이 이 지경이 되도록 내버려 두지는 않았을걸? 거기다 뭐? 이젠 개까지 키워? 이 집구석에선 내가 투명인간이야, 뭐야?"

엄마가 대답을 하려다가 말고 갑자기 입을 다물었다. 눈길이 내 팔뚝 위에 머물러 있었다.

"이건 뭐니?"

"벌레에 물렸나 봐요."

나는 어깨를 으쓱했다.

"모기장은? 모기장 안 치니? 어쩌다 이렇게……."

"치긴 치는데요……."

그건 사실에 가까웠다.

그때 푸키 누나가 벌레 물린 자국으로 뒤덮인 자신의 두 팔을 앞으로 쭉 내밀어 보이며 식품 저장실에서 나왔다.

"이건 메인주 고인 물의 결과라지?"

하지만 엄마는 누나 말은 들은 척도 하지 않았다.

"항생제!"

엄마가 부엌 찬장 문을 사납게 여닫고는, 절박한 목소리로 조앤 아줌마를 부르며 이층으로 뛰어 올라갔다. 푸키 누나는 그 모습을 보고 어이가 없다는 듯 두 눈을 부라렸다.

그런데 엄마가 또 왜 그러지? 혹시 내가 죽어 가고 있나? 아직은 안 되는데?

항생제는 조앤 아줌마의 구급상자에 들어 있었다.

"괜찮아질 거야. 괜찮아질 거야. 괜찮아질 거야……."

내가 항생제 한 알을 삼키는 동안, 엄마는 하염없이 그 말을 되풀이했다. 그 말이 누구를 진정시키기 위한 것인지 알 수 없었지만, 내 심장은 한층 더 빨리 뛰기 시작했다. 엄마가 조앤 아줌마에게 주사를 놔 달라고 했다. 아줌마는 지금은 그런 응급 상황이 아니라고 딱 잘라 말하고는, 과민 반응이라며 엄마를 나무랐다.

"제기랄, 이제 저러는 거 웃기지도 않아!"

푸키 누나가 빈정거렸다.

그러자 이번에는 엄마와 조앤 아줌마가 동시에 푸키 누나를 꾸짖기 시작했다. 사실, 푸키 누나가 한 말은 조앤 아줌마한테서 배운 것일 가능성이 높았다. 조앤 아줌마는 가끔 심각할 정도로 냉소적인 톤으로 남을 조롱할 때가 있기 때문이었다.

나는 슬쩍 자리를 빠져나왔지만, 푸키 누나의 입술이 파르르 떨리던 모습을 머리에서 떨쳐 버릴 수가 없었다.

푸키 누나는 사실 그 누구보다도 다정한 성격이었다. 다섯 살 때, 내가 하늘을 날겠다며 주차장 지붕에서 뛰어내린 적이 있었다. 그걸 본 푸키 누나가 황급히 달려와 나를 받아 냈다. 그리고 정작 누나는 땅바닥에 머리를 부딪혀 뇌진탕을 입고 팔까지 부러졌다. 작년까지만 해도 누나는 날 이상한 애라고 놀리며 괴롭히는 애들 앞에 원더우먼, 아니 디멘터(《해리 포터》에 나오는 강력한 악당.—옮긴이)처럼 불시에 나타나곤 했다. 그런 애들을 쫓아 버린 뒤, 다음 날에는 사과까지 받아 주었다.

그때 생각을 하면 마음이 울컥해졌다. 조앤 아줌마는 푸키 누나
가 금방 옛날의 모습으로 돌아올 거라고 말하곤 했다. 하지만 식구
들이 푸키 누나를 본모습 그대로 보지 않고 계속 지금처럼 대하면
무슨 일이 벌어질까?

나무집으로 올라온 뒤에도 세 사람이 싸우는 소리가 계속 들렸
다. 나는 눈을 질끈 감았다. 명상을 시도했지만 아무 소용이 없었
다. 잡동사니가 든 마트 봉투를 움켜쥔 엄마, 술병이 달그닥거리는
구급낭을 짊어진 조앤 아줌마, 그리고 어마어마한 가마솥 무게에
짓눌려 꼼짝도 못 하는 푸키 누나가 자꾸 어른거려서…….

"똑똑."

시간이 얼마나 지났을까? 나무집 밑에서 누군가 입으로 노크하
는 소리를 냈다. 아래를 내려다보니 조앤 아줌마였다.

"어서 오세요."

"엄마가 널 병원에 데려간다는 걸 내가 말렸어."

"감사해요, 아줌마."

"그래도 아프거나 기운이 없거나 어지럽거나 숨 쉬기 힘들면 바
로 우리한테 알려 주기다? 뭐, 너도 잘 알고 있겠지만."

나는 고개를 끄덕였다.

"아줌마, 그런데요."

나는 곧바로 나무집에서 내려왔다. 엄마나 누나 몰래 조앤 아줌마에게만 하고 싶은 이야기가 있었다.

"저기 테라스에 가서 앉으실래요?"

"저긴 우리 집 테라스가 아니잖아."

"엑스 할아버진 그런 거 상관 안 하실 거예요."

조앤 아줌마가 잠깐 동안 엑스 할아버지네 테라스를 쳐다보며 망설이더니 얼굴을 살짝 찡그리며 말했다.

"좋아."

나는 늘 앉던 흔들의자에, 조앤 아줌마는 엑스 할아버지가 앉던 기다란 나무 의자에 앉았다. 조앤 아줌마는 의자에 앉고 난 뒤에도 주변에 새똥이 널려 있기라도 하듯 꺼림칙한 표정으로 연방 주위를 두리번거렸다.

나는 한동안 구명조끼 줄만 애꿎게 감았다 풀기를 반복했다. 그러자 조앤 아줌마가 물었다.

"꼬맹아, 왜 그러는데, 응?"

"아줌마가 가끔 푸키 누나를 '어둠의 공주'라고 부르시잖아요?"

"응, 그런데?"

"누나도 그냥 꼬맹이라고 불러 주시면 안 될까요?"

"에이, 꼬맹이는 푸키한텐 욕이지. 그러면 무지 불쾌해할걸?"

우리 사이에 잠시 동안 침묵이 흘렀다. 문득 조앤 아줌마 입에서 욕설이 튀어나왔다.

"화나셨어요?"

"미안. 나 자신에게 화가 나서 그만. 근데 좀 당혹스러운데? 열두 살짜리 선생님이 가르치는 육아 교실에 신입생으로 들어온 기분이구나."

"그래도 아줌마는 웬만한 과목에서 다 에이 플러스예요."

"고맙구나, 꼬맹……."

조앤 아줌마가 말꼬리를 흐렸다.

"아! 전 아직 꼬맹이가 좋아요."

"좋아, 그럼 우리 새로운 계획을 실천해 볼까!"

나는 심호흡을 크게 한번 하고 조앤 아줌마를 따라 집 안으로 들어갔다. 아줌마는 어떤 상황도 과장해서 받아들이지 않아서 좋았다. 엄마였다면 지금쯤 눈물이 그렁그렁 맺힌 눈으로 "우리 아들, 참 배려심도 깊지!"라며 호들갑을 떨었을 것이다. 엄마가 그럴 때마다 나는 팔에다 입을 대고 뿡뿡 방귀 소리를 만들어 내, 나도 그냥 평범한 아이라는 사실을 알려 주고 싶어지곤 했다.

조앤 아줌마가 냉장고에서 각종 재료를 꺼내 식탁 위에 펼쳐 놓더니 우리를 모두 부엌으로 불러들였다.

"자, 여러분! 오늘 점심은 특식이야!"

"맥락을 모르겠네요? 같이 요리라도 하자는 거예요? 전 점심은 됐어요!"

푸키 누나가 뾰로통한 표정을 지은 채 식품 저장실 쪽으로 몸을 휙 돌렸다.

"오늘은 각자 자기 샌드위치를 만들어 먹자! 그런 뒤에 다 같이 아이스크림 데이트를 하자고. 내 생각 어때, 우리 꼬맹이?"

조앤 아줌마가 다정하게 물었지만 푸키 누나는 아무 대답도 하지 않았다.

"누나, 대답 좀 해!"

누나가 나를 흘깃 보더니, 조앤 아줌마를 향해 고개를 돌리다 흠칫 놀랐다. 조앤 아줌마가 누나를 보며 서글서글한 웃음을 짓고 있었기 때문이다. 잘한다, 바로 그거야! 조앤 아줌마는 눈빛 광선으로 상대방을 붙잡는 재주가 있었다!

"줄리안 생각이 궁금하신 거죠? '꼬맹이' 말이에요."

푸키 누나가 비꼬았다.

"너도 우리 꼬맹이란다."

순간 누나의 눈빛이 살짝 흔들렸다.

"꼬맹이가 뭐야, 촌스럽게."

푸키 누나가 입술을 샐쭉댔다. 그러고는 우아, 조리대로 다가가 자기 샌드위치를 만들기 시작했다! "홍, 싸구려 마요네즈! 빵도 꼭 이런 빵만 있지. 윽, 햄에 힘줄이 다 들어 있네."라고 꿍얼대면서……

엄마의 눈썹이 서서히 올라갔다. 조앤 아줌마는 나를 보고 윙크를 했다.

이제야 우주 비행사 닐 암스트롱의 기분을 알겠다. 지금 이 순간은 푸키 누나에게는 작은 한 걸음이요, 우리 가족에게는 커다란 도약이 아닐까? 당장 천체 망원경 파티를 제안하고 싶었지만 욕심은 부리지 않기로 했다. 기다려 보자, 적당한 때가 올 때까지.

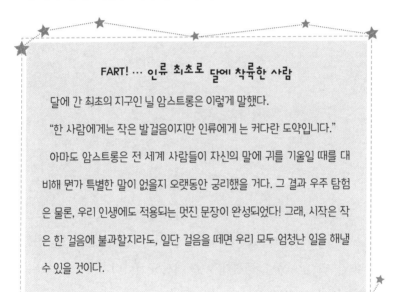

FART! ··· 인류 최초로 달에 착륙한 사람

달에 간 최초의 지구인 닐 암스트롱은 이렇게 말했다.

"한 사람에게는 작은 발걸음이지만 인류에게 는 커다란 도약입니다."

아마도 암스트롱은 전 세계 사람들이 자신의 말에 귀를 기울일 때를 대비해 뭔가 특별한 말이 없을지 오랫동안 궁리했을 거다. 그 결과 우주 탐험은 물론, 우리 인생에도 적용되는 멋진 문장이 완성되었다! 그래, 시작은 작은 한 걸음에 불과할지라도, 일단 걸음을 떼면 우리 모두 엄청난 일을 해낼 수 있을 것이다.

진짜 마법사

그날 밤도 혜성은 찾지 못했다. 천체 관측을 마치고 나무집으로 올라가려는데, 엑스 할아버지가 테라스에 나와 있었다. 나는 한마디 인사도 없이 등을 돌렸다. 나를 배신한 할아버지에게 화가 풀리려면 아직 한참 멀었다.

엑스 할아버지가 크흐음 목 긁는 소리를 냈다.

"이젠 할아버지랑 말 안 해요."

할아버지가 자리에서 일어나는 기척이 느껴졌다.

"짜증이 나기도 하겠지. 하지만 나한테는 그럴 만한 이유가 따로 있었단다."

걸음이 절로 멈췄다. 언젠가 내가 내뱉은 말이 부메랑처럼 되돌아오는 기분은 아주 오묘했다. 이제 와서 내가 그 말을 무시한다면, 한때는 꼭 필요하다고 생각해서 내뱉은 말이 얄팍한 위선으로 바뀌어 버릴 거다.

"할아버지 마음은 알겠어요. 하지만 전 아직 수영 이야기를 할 준비가 안 됐어요."

나는 하는 수 없이 한숨을 쉬며 돌아섰다.

엑스 할아버지가 고개를 까딱하며 손바닥을 들었다.

"휴전. 수영 얘기는 잠시 중단하지."

나는 늘 앉던 흔들의자에 가서 앉았다. 엑스 할아버지는 예의 긴 나무 의자에 자리를 잡고 앉았다.

"자, 그럼 네가 하고 싶은 얘기가 뭔데?"

할아버지는 가볍게 손뼉을 한 번 치고는 손바닥을 맞비비며 부드럽게 물었다.

"개요. '만일 네가 수영을 배우면 개를 키울게.' 같은 조건문이 등장하는 개 이야기 말고요. 그냥 일반적인 개 이야기요."

"좋아. 너, 먼저 해 봐라."

"우린 개가 필요해요. 개는 사랑의 스펀지거든요. 개는 할아버지가 주는 사랑을 쪽쪽 빨아들여요. 그러다가 꼭 안으면 할아버지를 사랑으로 물들여요. 개가 할아버지한테 뽀뽀할 땐 '감사해요.' 그리고 '기뻐요.'란 뜻이지요."

엑스 할아버지가 연신 고개를 끄덕였다.

"개는 마법이에요. 침에 소독제 성분이 들어 있대요. 그래서 개들이 자기 상처를 핥는 거래요. 뭐, 엉덩이를 핥는 데는 좀 다른 이유가 있겠지만요. 개들이 그러는 이유를 누가 정확히 알겠어요?"

할아버지의 입이 일자로 다물어졌다. 그건 미소나 다름없었다. 나는 그 순간을 놓치지 않고 정말 듣고 싶었던 이야기를 꺼냈다.

"타우루스 이야기를 들려주실래요? 저기 사진마다 들어 있는 개 말이에요."

할아버지가 고개를 끄덕이더니, 거실 벽 맨 왼쪽에 걸린 개의 초상화를 가리켰다.

"능글능글 웃고 있는 거 같지 않니? 녀석이 뭔가를 몰래 집어삼킨 뒤에 행복해하는 모습이지."

"저걸 할아버지가 그렸다고요? 다른 그림도 전부 다요?"

"그래."

"할아버지는 화가예요!"

"화가까지는 아니고. 난 그저 내가 아는 개를 그렸을 뿐이야. 난 저 개를 잘 알지. 아주 잘 알았어."

그렇게 타우루스의 이야기는 시작되었다. 엑스 할아버지는 타우루스에 대해, 개와 친구가 되는 것에 대해, 개가 부릴 수 있는 온갖 말썽에 대해 엄청난 이야기를 들려주었다. 그러나 타우루스의 죽음을 이야기하는 대목에서 말소리가 느려지더니 기어이 코를 감싸 쥐었다. 할아버지의 표정이 몹시 슬퍼 보였다.

"개는 우리 인생을 닮았어요. 좋은 것과 재밌는 것, 사랑스러운 것의 융합체예요. 슬픔도 살짝살짝 섞여 있고요. 하지만 그것만으로도 존재 가치는 충분하지요."

"잠깐, 방금 융합체라고 했냐?"

"어려운 단어 같지만, 쉽게 말해 단맛과 짠맛이 잘 어우러진 첵스믹스 같다는 뜻이에요."

"허허……. 너, 국어 시간에 선생님께 예쁨을 많이 받았겠구나."

"그렇긴 해요. 근데 전 시험 문제를 잘 못 풀어요. '다음 문장에 담긴 작가의 의도는 무엇인가요?' 이유는 수백만 가지나 될지도 모르잖아요. 작가 말고는 아무도 정확한 답을 이야기할 수 없을 거예요. 어떨 땐 작가 자신도 자기가 왜 그런 문장을 썼는지 모를지도 몰라요. 저도 제가 무슨 얘길 하는지 모를 때가 많거든요."

"아까 그 말 취소. 선생님들이 널 상당히 성가셔 했겠구나."

"아니에요, 대부분의 선생님들은 질문이 많은 학생을 좋아하시니까요. 질문을 싫어하는 건 학교 전산 시스템이에요. 컴퓨터로 채점하기 좋게 한 가지 정답만을 원하지요. 하지만 우주가 어디 그렇게 단순할까요? 물론 그렇다고 주장하는 사람들도 있지만요. 전 생각이 달라요. 그래서 제 답은 정답과 거리가 멀 때가 많고요."

"네 엄마는 너를 영재로 생각하시는 거 같던데, 그게 시험을 잘 본다는 뜻은 아니었나 보구나."

"시험을 볼 때만이 아니에요. 전 늘 질문이 많아서 쉽게 결론을 못 내려요. 술래잡기를 하는 애들이 '너도 낄래?'라고 물으면 곧장 답을 해 줘야 하는데 그게 안 되는 거지요. 보통 애들이 기다려 주는 시간이 텔레비전 퀴즈 쇼에서 주는 시간보다 훨씬 짧거든요. 퀴즈 쇼 시간을 재 봤을 때 5초였거든요.

근데 전 제 몸 상태도 봐야 하고, 날씨도 봐야 해요. 왜냐하면 술래잡기 중에 멈춰 서서 구름을 올려다보면 마구 화를 내는 애들도 있으니까요. 만약 날씨가 좋은 날이라면 전 그네를 타고 싶어질 거예요. 그네에 애들이 몰려 있으면 그냥 술래잡기를 할 거고요.

또 술래잡기를 누가누가 하는지도 살펴봐야 해요. 거친 애들이랑 하면 넘어질 위험이 크니까요. 인기 있는 애들이랑 하면……. 뭐, 저한테 하자고 할 정도면 인기 있는 애들은 아니겠지만, 하여간 그럴 경우에 나 대신 누가 버려질까? 버려진 애가 슬퍼하진 않을까? 그런 생각들이 하나하나 다 떠오르거든요. 그래서 '너도 술래잡기 할래?'라는 질문에 금방 답을 하기가 저한텐 정말 어려워요."

할아버지는 한참 동안 나를 말없이 바라보았다. 나는 머쓱한 기분이 들었다.

"제 뇌가 작동하는 방식이 그래요. 완전 재미없죠. 그냥 그렇다고요."

"우리 땐 그런 증상을 신경과민이라고 했지."

"들어 본 적 있어요. 우리 엄마는 같은 증상을 두고 말을 바꿔치

기한 거 같아요."

"영재의 증거라고……?"

나는 고개를 끄덕였다.

"엄마는 제 유별난 성격도 하늘이 내린 선물이라고 해요. 하지만
전 물릴 수만 있다면 다른 선물로 바꾸고 싶어요."

"예를 들면 어떤 선물?"

"혜성이요."

"그건 좀 어렵지 않을까?"

"가능해요! 꼭 찾게 될 거니까."

"알았다, 알았어. 또 다른 건?"

"……개요. 하지만 개는 영영 안 될 거예요."

"내가 너한테 개를 사 주고, 너희 가족에게 허락을 받으면 되지
않을까?"

"제가 보기에 할아버지는 마법사예요. 눈속임이 아니라 기적을
일으킬 수 있는 진짜 마법사요. 하지만 우리 엄마랑 조앤 아줌마는
절대 안 된다고 할 거예요."

"그건 내게 맡겨라. 그리고 그건 마법으로 하는 일이 아니란다.
나한테 다 계획이 있지. 너는 나와의 약속에 충실하기만 하면 된
다. 그러니까 진지하게 수영에 대해 생각해 봐."

그래서 나는 수영에 대해 생각해 보기로 했다.

FART! … 나에게는 꿈이 있습니다

내가 다닌 학교에서는 해마다 2월에 마틴 루터 킹 주니어 목사를 기려 학생들에게 시를 쓰게 했다. 작년에, 그러니까 내가 아직 학교에 다닐 적에 나는 〈나에게는 꿈이 있습니다〉라는 제목으로 무려 열여섯 쪽에 달하는 시를 썼다. 그중 일부를 소개한다.

"나에게는 꿈이 있습니다. 누구나 길거리가 아닌 곳에서 편안하게 잠들 수 있기를. / 나에게는 꿈이 있습니다. 혹시 맛없는 건강식뿐일지라도 누구에게나 먹을 것이 주어지기를. / 나에게는 꿈이 있습니다. 어린이들이 공장에서 일하지 않아도 되기를. / 나에게는 꿈이 있습니다. 동물 학대는 역사책 귀퉁이에서나 찾아볼 수 있는 날이 오기를. 미래의 인류가 그 책을 읽고 '어떻게 그런 일이?'라고 화들짝 놀라는 날이 오기를. / 나에게는 꿈이 있습니다. 사람들이 지독히 나쁜 짓을 해도 감옥에는 가지 않기를. 그 대신 자신이 상처 입힌 사람들에게 좋은 일을 할 수 있는 기회가 주어지기를. / 나에게는 꿈이 있습니다. 마음에 병이 난 사람들도 살기 좋은 곳이 많아지기를. 그들에게 천체 망원경이 주어지기를. / 나에게는 꿈이 있습니다. 동성애자든, 무슬림이든, 이민자든, 뚱뚱한 사람이든, 심술궂은 사람이든, 그 누구도 자신의 존재만으로 차별받는 사람이 한 명도 없는 세상이 되기를."

나무집으로 돌아와 보니 돌이 또 하나 놓여 있었다. 이번 돌은 하늘에서, 저 우주 공간에서 떨어진 운석처럼 생겼다. 순간 나무집 밑에 돌을 갖다 놓은 사람을 알아차렸다. 바로 엑스 할아버지였다! 나는 엑스 할아버지를 향해 손을 흔들며 소리쳤다.

"이 돌, 완전 멋져요!"

엑스 할아버지가 어깨를 으쓱하더니 손을 흔들어 주었다.

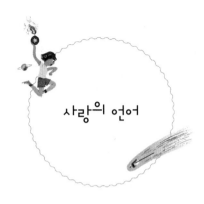

사랑의 언어

더운 날씨였다. 머리꼭지로 햇볕이 내리꽂히고 뜨겁게 달궈진 선착장의 열기가 발바닥을 타고 올라왔다. 하지만 몸은 오슬오슬 떨렸다.

엑스 할아버지가 한숨을 내쉬었다.

"그 구명조끼 좀 벗고 시작하자."

"첫날은 보통 이론 수업이잖아요."

"이론 수업? 수영에 말로 설명할 게 뭐 있어? 물속에서 바로 시작하는 거지!"

"물에 들어가기에는 날씨가 너무 추워요."

"올 들어 제일 따뜻한 날씨야. 이보다 더 더우면 나 같은 노인네는 열사병에 걸리지!"

사실 겁이 나는 건 수영이 아니었다. 내 팔다리는 로잉 머신과 실내 자전거로 튼튼하게 단련되어 있었다. 열심히 팔을 휘젓고 발장구를 치기만 하면 될 일이었다. 진짜로 겁이 나는 건 물속에 들어가는 일 그 자체였다. 거대한 블랙홀 같은 물속으로 빨려 들어가면 다시는 못 나올 것 같아서였다.

집 쪽을 돌아보니, 엄마가 부엌문 밖으로 나와서 휴대폰으로 통화를 하고 있었다. 어쩌면 통화하는 척만 하고 있는지도 몰랐다. 나를 지켜보려고……. 제발 그러지 않으면 좋겠는데. 엄마의 시선은 나를 더 긴장시켰다.

엑스 할아버지가 몇 가지 지시 사항을 설명하다가 "듣고 있는 거냐?" 하고 물었다. 깜짝 놀라서 고개를 쳐드는 순간, 현기증이 나면서 몸이 비틀거렸다. 하마터면 물속으로 빠질 뻔했다.

"아씨우감마노!"

나는 선착장에서 후다닥 도망쳐 나왔다. 그러자 할아버지가 대뜸 이렇게 말했다.

"웬 수건 타령이냐? 물 한 방울 안 튀었는데?"

갑자기 현기증이 싹 사라졌다.

"할아버지, 이탈리아어를 어떻게 아세요?"

"내가 이탈리아 사람이니까. 그러는 넌?"

"전 이탈리아어가 좋아요. 이탈리아어는 사랑의 언어예요."

할아버지가 크흐음 목 긁는 소리를 냈다.

"이탈리아어든, 스페인어든, 네가 말을 제대로 사용한다면 어떤 말이라도 다 사랑의 언어가 될 수 있지."

"좋아요."

나는 집을 향해 걷기 시작했다.

"얘! 어디 가니?"

"스페인어 배우러 가요."

"수영은?"

"오늘은 이만하면 충분해요. 기대 이상으로 잘하는 사람이 되고 싶진 않다고요."

"맙소사, 넌 아직 아무것도 배운 게 없잖니!"

나는 곧장 집으로 갔다. 나무집으로 가면 엑스 할아버지가 따라와 다시 수영을 배우러 나오라고 할 것 같아서였다. 엄마는 마치 날 감시하던 게 아니라는 듯이 얼른 부엌문을 열고 들어갔다.

집 안은 언제나 그렇듯 말다툼 소리로 금방 시끄러워졌다. 그건 분명 사랑의 언어가 아니었다.

"하여간 이제 그 캠프엔 안 갈 거예요!"

푸키 누나가 식품 저장실 안에서 소리쳤다. 누나는 방을 옮긴 뒤 신경이 부쩍 더 날카로워졌다. 캠프 자원봉사도 갑자기 그만두었다. 캠프에 왔던 어린아이가 죽었다나 어쨌다나.

"엄마, 알고 있었어요? 거기는 회복 가능성이 없는 애들을 위한 캠프였어요. 망할 캠프 따위 다시는 안 돌아가!"

푸키 누나가 괜히 찬장 문을 열었다가 쾅 닫았다.

"얘! 그 문짝 좀 그만……."

조앤 아줌마가 외쳤다.

"저라고 이러는 게 좋을 것 같아요? 여긴 문도 없다고요. 어쩌라고요?"

푸키 누나는 또다시 찬장 문을 열었다가 닫았다.

조앤 아줌마가 식품 저장실로 쫓아가려고 하자, 엄마가 아줌마의 팔을 붙잡았다. 그러고는 들릴까 말까 한 소리로 다투기 시작했다. 한쪽이 "왜 그렇게……."라고 말할 때마다 다른 한쪽이 "왜냐면……."이라고 말해 놓고는, 목소리를 확 낮춰서 소곤소곤. 내 배 속에서는 위산이 해일처럼 솟구쳤다.

다시 집을 뛰쳐나와 엑스 할아버지에게로 갔다.

"왜 마음이 바뀌었냐?"

나는 고개를 저었다.

"전 호르몬 과부하 증상에 시달리고 있어요."

"어린애가 무슨 호르몬 과부하?"

"저 말고 우리 엄마랑 아줌마요. 분명 에스트로겐 중독이에요. 할아버지는 여자 세 명이랑 살아 본 적 없지요?"

나는 우리 집 쪽을 보며 말했다.

바로 그때 집 쪽에서 "난 그렇게 생각 안 했거든!" 하고 고래고래

소리치는 소리가 들렸다. 엄마였다.

"너희 엄만 어쩐지…… 단단히 상처를 입으신 것 같다. 그렇지?"

"네……, 의사였을 때 엄마 환자가 죽었거든요."

"엄마 환자가 죽었다고?"

"네, 하지만 엄만 정말 좋은 의사였어요."

"알았다. 하지만 진료 약속을 잡는 건 무섭구나. 네가 한 번씩 그 사실을 나한테 상기시켜 주렴."

나는 피식 웃음이 새어 나왔다.

"뭐가 우스운데?"

"엄만 산부인과 의사거든요. 산부인과에서 하는 일은……."

"안다, 알아. 여자들 거기……."

"거기라니요. 정확한 전문 용어가 따로 있다고요."

엑스 할아버지가 갑자기 내가 방귀라도 뀐 양 고개를 외로 돌리며 손을 내저었다.

"아서라, 남자들은 여자의 몸에 대해 함부로 들먹이는 게 아니란다."

"그럼 대체 뭐라고 말해야 되는데요? 여자들 거기?"

"어린애 입에서 그런 말이 나오니까 듣기가 거북하구나."

"어른이 말할 때가 훨씬 더 듣기 거북하거든요?"

"음……, 그랬다면 사과할게. 내가 좀 철이 없었구나."

"괜찮아요, 저도 마찬가지예요."

엑스 할아버지가 살짝 미소를 지었다.

"넌 어른이 되면 뭐가 되고 싶니?"

나는 어깨를 으쓱했다.

"그런 건 생각해 본 적 없는데요?"

"아이들은 누구나 그런 걸 생각한단다. 우주 비행사는 어떠냐?"

나는 아마도 어른이 되지 못할 거다. 기적처럼 어른이 된다 해도 절대로 우주 비행사는 될 수 없다. 첫째, 우주 비행사가 되려면 물속에서 스쿠버 다이빙을 배워야 한다. 둘째, 난 멀미 대장이다. 내가 우주 비행사가 되면 손님을 구토 우주선에 태우는 꼴이다. 게다가 나는 곧 있으면 우주로 날아갈 사람이다……

"차라리 천체 물리학자가 되고 싶어요. 뉴욕 자연사 박물관 헤이든 천문관의 닐 타이슨 관장님처럼요."

그때 엄마가 나를 부르는 소리가 들렸다.

"줄리안! 얼른 들어와! 밥 먹고 가족회의해야 돼!"

"아씨우감마노."

한숨이 절로 나왔다.

"행운을 빈다, 애야."

엑스 할아버지가 말했다.

나는 가족회의를 시작하기 직전에 푸키 누나에게 속삭였다.

"누나! 가족회의 끝날 때까지 평행 우주에 가 있을래?"

누나는 짜증과 분노가 뒤섞인 얼굴이 되더니, 나를 향해 눈을 하얗게 흘겼다. 나는 누나가 폭주하기 전에 재빨리 선수를 쳤다.

"거기에는 엄마랑 조앤 아줌마가 안 계실 거라니까?"

순간 푸키 누나가 픽 하고 웃었다. 누나는 남은 회의 시간 동안 아주 조금 편안해 보였다.

가족회의를 마친 뒤, 나무집으로 올라갈 때였다. 아니나 다를까, 사다리 아래 또 새로운 돌이 놓여 있었다! 엑스 할아버지는 왜 자꾸 이런 산타 놀이를 하는 걸까? 나는 흔쾌히 돌을 집어 들고 나무집으로 올라갔다. 요가 매트에 누운 다음 가슴 위에 돌 세 개를 올려놓았다.

'행운을 빈다, 애야.'

엑스 할아버지의 목소리가 떠올랐다. 그래, 엑스 할아버지의 말처럼 어떤 언어든 사랑의 언어가 될 수 있다. 사실, 엑스 할아버지가 그렇게 말했을 때, 내 기분은 외할아버지가 '널 사랑한다.'고 했을 때와 똑같이 기분이 좋았다. 나는 사람들이 "사랑해."라고 말하기 어려울 때, 다른 말로 대신한다는 것을 어렴풋이 알고 있었다.

다음 날도 나는 수영 강습을 받기 위해 호숫가로 나갔다. 푸키 누나는 마당에 의자를 끌어다 놓고는 떡 버티고 앉아서 내게서 한시도 눈을 떼지 않았다. 선글라스를 끼고 있었는데도 누나가 나를 향해 두 눈을 부라리고 있다는 걸 단박에 알 수 있었다.

선착장 말뚝을 붙잡은 채 왼발을 물에 담글까 말까 하고 망설였다. 푸키 누나가 그런 나를 보고 어이없다는 듯 코웃음을 쳤다.

"어서, 애야."

엑스 할아버지가 낮은 목소리로 재촉했다.

나는 엄지발가락을 물속에 살짝 넣었다가 비명을 지르고는 도망쳐 나왔다. 물이 너무너무 차가웠다.

"저런 애송이, 저렇게 겁쟁이라니!"

푸키 누나가 끌끌 혀를 찼다.

FART! ··· 펨토 초

'눈 깜짝할 사이'는 실제로 몇 초를 말할까? 사람이 눈을 한 번 깜짝하는 시간을 측정해 보면, 보통 10분의 1초라고 한다. 무지하게 짧은 시간이다. 그런데 과학자들은 그보다 훨씬 짧은 시간을 연구한다. 바로 1초를 1000조로 등분했을 때 나오는 한 조각! 바로 펨토 초다. 1초의 10억분의 1의 10억분의 1. 정말 상상할 수 없을 만큼 짧은 순간이다.

빛은 1초 동안 지구를 7바퀴 반이나 돌 정도로 빠르다. 하지만 빛은 100펨토 초 동안에 머리카락 두께의 반도 통과하지 못한다. 그게 아무리 짧은 순간이라 해도, 수영 수업을 받는 나에게는 1펨토 초도 길다. 정말 매순간이 끔찍해 죽겠다니까?

"누나까지 날 감시해야겠어?"

"이건 엄마의 명령이야. 알았어? 나도 이러고 있는 거, 너보다 더 싫거든."

"미이이안. 누나의 소오중한 시간을 낭비하게 해서. 난 사실 곧 죽을 거라서 수영을 배우기가 싫어."

내가 빈정대는 투로 말했다.

"또 바보 같은 소리 한다?"

"내가 뭐, 틀린 말 했나? 사람은 누구나 죽잖아. 동물 치료 캠프에 온 그 아이처럼."

"그만! 그 얘긴 꺼내지도 마!"

실수했다. 누나가 저토록 아픈 비명 소리를 내지를 줄은 몰랐다.

그때 엑스 할아버지가 선착장에서 내려오더니, 자갈밭을 지나 물속으로 들어갔다. 할아버지 발목에서 물이 찰랑거렸다.

"이제 한 발 한 발 물속으로 들어가 보자. 바로 여기까지만."

저 정도 깊이에서도 앉으면 엉덩이가 물에 잠길 텐데? 나는 안절부절못한 채 자갈밭에서 발만 동동 굴렀다.

푸키 누나가 나를 보면서 고개를 절레절레 흔들었다.

"내가 따라 들어가 줄게. 물속에다 오줌을 싸기만 해 봐!"

물속에 들어가 푸키 누나와 마주 앉았다. 하지만 내 뒤에 호수가 존재한다는 사실만은 변함없었다. 잠잠한 척 숨을 죽이고 있다가 거대한 소용돌이로 돌변해 나를 심연으로 끌고 들어갈 것만 같았다. 순간 자갈돌에 발이 미끄러져 물속에 코를 박았다. 나는 기겁을 하고 물밖으로 뛰쳐나왔다.

"이 겁쟁이!"

푸키 누나가 또다시 소리쳤다.

엑스 할아버지가 무서운 경험을 했으니, 오늘은 이만 수업을 접자고 했다.

누나가 내 곁을 지나쳐 쿵쾅대며 집 쪽으로 향했다. 살짝 스쳐가면서 본 옆얼굴에 눈물 방울이 맺혀 있었다. 나는 나무집으로 돌아가 마음을 진정시키고 싶었지만 누나 뒤를 따라가지 않을 수가 없었다.

"누나, 아까는 미안했어. 그 아이 일은 정말, 정말 안됐어. 그 애 이름이 뭐야?"

"네가 알아서 뭐 해?"

"그냥, 알고 싶어서. 누나가 그렇게 속상해하니까……."

"캐시."

푸키 누나가 쓴 약을 삼키듯 입을 앙다문 채 마지못해 대답했다.

"누나, 내가 캐시가 어느 별에 가 있는지 가르쳐 줄까?"

"시끄러워!"

"아니, 장난치려는 거 아니야. 그 앤 지금 카시오페이아자리에 가 있을 거야."

"그 앤 죽었어, 줄리안! 그냥 죽었다고!"

"그냥 죽는 사람은 아무도 없어. 그런 일은 일어나지 않아."

"정확히 그런 일이 일어났어! 다 끝났다고!"

"아니야, 우리는 떠나지 않아. 누군가가 우리를 필요로 하니까. 그리고 우리도 그 누군가가 필요하니까 여기에 계속 머물러 있는 거야!"

푸키 누나가 고개를 뒤로 젖히고 크게 한숨을 내쉬었다. 그런 채로 눈만 내리뜬 누나는 오만하고 차가운 표정으로 "알았어."라고 말했다. 그러고는 눈을 감고 또다시 같은 말을 읊조렸다.

"그래, 알았어."

그렇게 말하는 누나의 목소리는 사뭇 부드러워져 있었다. 정말이지, 누나의 속은 알 수가 없었다.

그날 저녁, 저녁 식사가 끝난 뒤 나무집 밑에서 또 하나의 돌을 발견했다. 이번 돌은 회색빛에 맑고 투명한 수정 조각이 점점이 박혀 있었다.

별을 입양하세요

발목에서 물이 찰랑거렸다. 차가운 주먹이 내 발목을 움켜쥐고 물속으로 점점 끌어당기는 것처럼. 나는 외마디 비명을 지르며 물속에서 힘껏 빠져나왔다. 마른땅으로 도망쳐 그대로 주저앉았다. 몸이 부들부들 떨렸지만, 어쨌든 이제 안전했다.

잠시 후 뒤를 돌아다보니, 엑스 할아버지가 눈을 꼭 감은 채 하늘을 올려다보고 서 있었다.

"아휴, 한심해! 답답해!"

의자에 앉아 있던 푸키 누나가 소리쳤다.

엑스 할아버지가 크흐음 소리를 냈다. 그건 푸키 누나에게 내는 소리였다.

"자, 이번에는 무릎까지 도전해 볼까?"

썩 내키지 않는 마음에, 나도 할아버지처럼 크흐음 하고 목 긁는 소리를 내 보았다. 하지만 일단 시도를 해 보기로 했다.

이번에는 훨씬 더 강력한 손아귀가 내 종아리를 거머쥐는 듯했다. 자꾸 도망치려고 하니까 물이 화가 난 걸까? 나는 공포에 질려 숨을 헐떡이며 겨우겨우 자갈밭에 도착했다. 겨우 열 걸음이었지만 그건 내 인생에서 가장 긴 이동 거리나 다름없었다.

로빈슨 크루소가 육지에 발이 닿자마자 땅에 입을 맞추었던 심정을 이제야 알 것 같았다. 누나가 나를 보고 고개를 절레절레 흔들고 있지만 않았다면, 나도 당장 땅에다 입을 맞추었을 거다.

잠깐의 휴식 시간이 주어졌다. 나는 할아버지와 함께 테라스로 갔다.

"으이구, 속 터져!"

푸키 누나가 소리치며 호수로 달려갔다.

"너희 누나한테 무슨 문제라도 있니?"

엑스 할아버지가 물었다.

"저흰 엄마는 같지만 아빠는 달라요. 정자 기증으로 태어났거든요. 우리의 생물학적 아빠들은 신분이 밝혀지길 원치 않는 사람들이지요. 엄마가 누나한테 그 얘길 수백, 아니 수천 번 해 줬어요. 근데도 누나는 자꾸 아빠가 필요하대요."

엑스 할아버지가 눈썹을 추켜올렸다.

"할아버지까지 학교 애들처럼 굴지는 않으셨으면 해요."

"학교 애들이 뭐라고 하는데?"

"별종이라고도 하고 외계인이라고도 하고. 아빠 없이 태어난 데다 엄마가……."

엑스 할아버지가 손을 흔들어 내 말을 막더니, 누군가 간장을 뿌린 민달팽이 요리를 코앞에 들이대기라도 한 듯 고개를 돌렸다.

"더 이야기하지 않아도 된단다."

"저는 이제 괜찮아요. 그건 제 인생에서 그다지 중요한 문제가 아니에요. 살아가면서 풀어야 할 문제가 얼마나 많은데요. 요새 제 문제는 푸키 누나가 어떻게 하면 아빠를 찾을 수 있을까, 하는 거예요. 그럼 맨날 아빠 문제에 매달려 있지 않아도 되잖아요."

그러다 문득 할아버지네 거실 벽에 걸린 그림들에 시선이 가 닿았다. 기막힌 생각이 떠올랐다.

"할아버지, 우리 누나 아빠 좀 그려 주실래요? 누나한테 아빠의 초상화라도 구해다 주고 싶거든요."

엑스 할아버지가 어깨를 으쓱였다.

"사진은 갖고 있니?"

"아니요, 하지만 제가 특징을 추측해 볼게요."

"글쎄다, 사람 얼굴을 보지도 않고 그려 본 적이 없어서……."

"할아버진 하실 수 있어요. 그건 제가 알아요."

"넌 누나를 진심으로 아끼는구나?"

“당연하죠. 제 누난데요.”

“누나한테 아빠 그림을 그려다 주면, 누나가 널 좋아할 거라고 생각하고?”

나는 그냥 어깨를 으쓱였다. 솔직히 말하면 할아버지 추측이 맞았다.

“그런데 미안하구나. 난 모르는 사람은 못 그려. 내가 그려 본 건 아내와 개가 전부란다. 그 둘은 내가 아주 잘 아는 이들이지.”

“할아버지 아이들은요?”

“난 자식이 없단다. 우리 부부는 젊을 때 함께한 시간이 적었지. 내가 일 때문에 늘 밖으로 떠돌아다녔거든.”

내 마음이 몹시 무거워지는 것으로 보아, 줄리아 할머니는 무척이나 아이를 갖고 싶어 했던 모양이다. 우주가 그렇다고 내게 신호를 보내고 있었다.

“할아버지는 무슨 일을 하셨는데요?”

“바다 일을 했단다. 뱃사람이었지.”

“할아버지도 선원이셨구나! 우리 조앤 아줌마처럼!”

“너희 아줌마가 그 일을 시작하기도 전에 난 은퇴했을걸! 어쨌든, 우린 아이를 갖지 못했단다.”

“하지만 다른 방법도 있잖아요. 입양을 한다든지…….”

할아버지는 어깨를 으쓱하고는 멋쩍게 입을 열었다.

“그래, 줄리아는 입양이라도 하기를 원했지. 하지만 난 아이를 원하지 않았어. 어쨌든, 이제는 되돌릴 수 없는 일이구나."

"왜 아이를 원치 않으셨는데요?"

"애들은 시끄럽고 무례한 데다 요구하는 것도 많잖니?"

"전 안 그래요."

"너희 누난?"

"뭐, 제가 생각해도 우리 누나는 만만한 편이 아니에요. 하지만 할아버지, 아직 늦지 않았어요. 절 입양하세요."

"넌 가족이 있잖니?"

"할아버지는 없으니까요."

엑스 할아버지가 얼떨결에 씹게 된 시큼한 껌을 뱉을 데가 없는지 살피는 것마냥 떨떠름한 표정을 지었다.

"난 널 입양할 생각이 없단다, 애야!"

"기억나세요? 할아버지 차고에서 보트를 보았을 때요. 그때 제가 말했죠? 우주가 우리한테 뭔가를 말해 주려 한다고요. 이제 알겠어요, 그게 뭔지……. 전 오랫동안 행방을 몰랐던 할아버지의 손주인 거예요! 우주가 우리에게 말해 주고 있는 게 바로 그거라고요!"

"뭐라고?"

"줄리아 할머니가 바라세요. 할아버지가 절 입양하기를요!"

"난 입양 같은 건 생각해 본 적도……."

"진짜 입양이 아니어도 괜찮아요. 유기견 보호소에서 개를 데리고 왔다고 생각하셔서도 되겠지요. 그럼 우리는 친구보다 더 가까운 사이가 되잖아요."

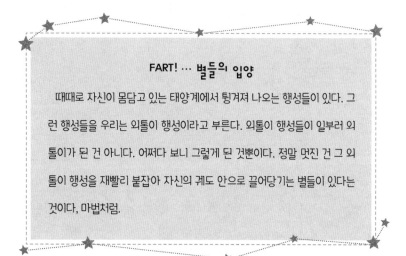

FART! … 별들의 입양

때때로 자신이 몸담고 있는 태양계에서 튕겨져 나오는 행성들이 있다. 그런 행성들을 우리는 외톨이 행성이라고 부른다. 외톨이 행성들이 일부러 외톨이가 된 건 아니다. 어쩌다 보니 그렇게 된 것뿐이다. 정말 멋진 건 그 외톨이 행성을 재빨리 붙잡아 자신의 궤도 안으로 끌어당기는 별들이 있다는 것이다, 마법처럼.

엑스 할아버지가 시선을 딴 곳으로 돌렸다.

"할머니가 살아 계실 때 이루어 주지 못했던 소원들이 할아버지의 마음을 아프게 하잖아요. 그러니까 앞으론 할머니의 말을 잘 들어 주셔야 해요."

"또 그러는구나! 가고 없는 사람에게 대체 무슨 말을 하란 말이냐……?"

"아뇨, 할머니는 언제나 여기 계세요. 할아버지는 할머니한테 말을 걸 수 있어요. 할아버지가 안 하기로 작정하신 것뿐이라고요."

"이래서 내가 아이를 원하지 않았던 거다!"

"할아버지한테 아이가 있었다면 제 말을 훨씬 더 쉽게 받아들일 수 있었을지도 모르죠."

나는 엑스 할아버지에게 대답할 시간도 주지 않고 계속 몰아붙였다.

"할머니라면 제가 드린 제안에 뭐라고 답하셨을까요? 할아버지는 외면할 수 있어요. 하지만 우주가 우리를 서로에게로 이끌었죠. 그건 다 이유가 있어서예요. 그리고 이번에 우주는, 바로 줄리아 할머니라고요."

내가 '줄리아'라는 이름을 말했는데도, 엑스 할아버지는 평소처럼 역정을 내지 않았다. 대신에 코를 움켜쥐고 침을 꿀꺽 삼켰다. 목구멍으로 치밀어 오르는 말을 애써 참고 있는 것 같았다. 그건 할아버지에게 뭔가 새로운 변화가 일어나고 있다는 뜻이 아닐까?

나는 당장 엄마에게 달려가, 할아버지가 되는 법에 관한 책을 엑스 할아버지에게 선물하고 싶다고 말했다. 엄마는 엑스 할아버지에게 손주가 생기는 줄 알고 매우 기뻐했다.

"아니에요. 할아버지는 자식이 없는데 누나랑 제가 할아버지 양손주로 입양을 갈까 해서요."

"오……, 알았다."

엄마의 이마에 주름이 잔뜩 잡혔다.

"지금 당장 서점에 전화해서 책을 주문해 주실 수 있을까요?"

"물론이지."

"고마워요, 엄마!"

그러고 나서 곧장 엑스 할아버지에게 편지를 썼다.

안녕하세요, 엑스 할아버지.

저예요. 줄리안. 이제 막 할아버지에게 입양된 손자요.

푸키 누나를 위해 누나네 아빠 초상화를 그려 주세요. 꼭, 꼭이요.

푸키 누나는 엄마를 많이 안 닮았거든요. 그럼 아빠를 닮았을 확률이 높

겠지요? 누나 얼굴을 기초 정보로 해서, 누나 아빠의 얼굴 특징을 끄집어내

봤어요. 누나네 아빠 생김새는요,

- 동그란 얼굴형.

- 진한 갈색 머리카락.

- 넓은 이마.

- 갈색 눈동자.

- 할아버지처럼 숱이 많고 진한 눈썹.

- 호리호리한 체형. 엄청 마른 건 아닐 거예요. 왜냐하면 사람은 나이가

  들면 조금 더 살쪄 보이는 거 같거든요.

- 웃을 때 왼쪽 볼에 엷게 보조개가 팰 거 같아요. 푸키 누나가 그렇거

  든요. 미소 짓고 있는 표정을 그려 주셔도 좋아요.

- 미남으로 그리셔도 돼요. 맷 데이먼이랑 약간 닮아도 괜찮고요.

감사합니다! 양할아버지!

　　　　　　　　　　　　　　　　　—할아버지의 양손자 줄리안 드림.

추신. 그림의 크기는 8×10센티미터였으면 해요. 누나가 갖고 있는 빈 사

진틀 사이즈예요. 할아버지는 그림을 잘 그리시지만 이번 건 아주 잘

그리지 않아도 괜찮아요. 우리 중에 푸키 누나 아빠의 생김새를 아

는 사람은 아무도 없으니까요.

며칠 동안 비가 내렸다. 그건 수영 수업이 없다는 뜻이었다! 그런데 엄마가 청천벽력 같은 소리를 했다. 오늘 나를 새 의사에게 데려가겠다는 것이었다. 그 말을 듣는 순간, 차라리 엑스 할아버지한테 수영 수업을 받는 게 훨씬 낫다는 생각이 들었다.

새로 찾아간 병원에서 의사 선생님이 말했다.

"이런 건 한 번도 본 적이 없는데요."

그 말을 듣자 기분이 썩 좋지 않았다. 건강 문제에 관해서는 "아, 이건 아주 흔한 증상이에요."라는 말이 훨씬 더 큰 위로가 되었다.

집으로 돌아오는 차 안에서 엄마는 내가 의사 선생님이 묻는 말에 아무 대답도 하지 않아서 당황스러웠다고 했다. 하지만 의사 선생님이 뭔가를 물을 때마다 엄마가 바로바로 대답을 하는데, 내가 무슨 대답을 할 수 있었을까?

게다가 거긴 병원이었다. 그곳엔 모든 게 갖춰져 있었다. 심지어 내 피부색을 회색빛으로 물들이는 요상한 조명까지…… 그런 상황에서 들리는 말은 죄다 최면 상태로 가는 신호음으로 둔갑했다.

엄마는 몰라도 내 귀엔 다 들렸다. 그 신호음을 듣고 있으면 손끝 발끝으로 힘이 다 빠져나가면서 내 정신이 평행 우주로 달아나 버렸다. 피부색이 정상으로 돌아오고 몸에 온기가 퍼질 때쯤에야 나는 다시 지금의 우주로 돌아올 수 있었다.

집에 돌아왔을 때, 멋진 선물 꾸러미가 나무집 밑에서 나를 기다리고 있었다. 꾸러미를 열어 보니, 푸키 누나 아빠의 초상화가 들어 있었다!

나는 집 안으로 뛰어 들어가 식품 저장실 한구석에 놓인 빈 사진틀 속에 초상화를 끼워 넣었다. 생각보다 완벽했다.

등 뒤에서 푸키 누나가 날카롭게 소리를 질렀다.

"너, 거기서 뭐 해!"

푸키 누나가 사진틀을 휙 잡아챘다. 하지만 그림을 보고선 말문이 막히는지 한참을 멍하니 있다가 낮은 목소리로 물었다.

"이게 뭐지?"

"누나 아빠야. 멋지지 않아?"

"우리 아빠가 어떻게 생겼는지 모르잖아."

"짜깁기했어, 범인의 몽타주를 만들 듯이. 그렇다고 누나 아빠가 범죄자란 뜻은 아니야."

"……."

아, 이런……. 누나의 눈가가 금세 촉촉해졌다.

"이거 봐, 누나는 얼굴이 동그랗지? 나랑 엄마는 턱이 뾰족한데,

역삼각형처럼. 그러니까 누나 아빠도 얼굴이 동그랄걸?"

누나의 시선이 초상화의 턱선에 가 닿았다.

"엄만 눈썹 숱이 없는데 누난 보통이잖아. 그러니까 누나 아빠 눈썹은 더 짙겠지. 엑스 할아버지의 송충이 눈썹처럼 말이야."

누나는 콧방귀를 뀌었지만 얼굴에서 미소를 감추지 못했다.

"또 머리색은 누나가 나나 엄마보다 더 진하잖아. 아마 누나 아빠한테서 물려받았을걸?"

"눈동자 색은?"

음……, 홈스쿨링이 필요한 사람은 어쩌면 푸키 누나일지도 모르겠다.

"그건 생물학의 기본이야. 눈동자는 갈색이 우성이거든? 엄만 파란색, 누나는 갈색. 그럼 누나 아빠는 분명 갈색이겠지."

"이건 어디서 났어?"

"누나를 위해서 엑스 할아버지가 그려 주셨어."

"왜?"

"내가 그려 달라고 부탁했으니까. 그리고 이젠 누나도 그 할아버지 양손녀야."

"뭐?"

"정말이야. 엄마가 엑스 할아버지에게 《할아버지 되는 법》이란 책도 사 드렸는걸? 할아버지는 아이를 원해 본 적이 없대. 반면에 할머니는 아이를 원하셨고. 이제 할아버지는 할머니의 바람을 이해하고 계셔."

"그 할머니는 돌아가셨다며?"

"그래도 아직 여기 계셔. 게자리의 벌집 성단에. 누나, 그 별자리 보고 싶으면 내 천체 망원경으로 보여 줄게."

"좋아. 근데 옆집 할머니는 그 성단에 어떻게 들어갔대?"

"자동으로."

"넌 정말 이상한 애라니깐."

"좋은 쪽으로."

"아니, 안 좋은 쪽으로."

"내가 누나 아빠 그림까지 구해다 줬는데도?"

누나는 그림을 다시 한 번 바라보고는 고개를 끄덕였다.

"그거야 그렇지. 이게 아빠야. 고마워."

누나는 그렇게 말하고는 활짝 웃었다

그날 밤, 나는 잠자리에 들기 위해 나무집에 누워 있다가 아래쪽에서 인기척을 느끼고 눈을 떴다. 내가 꿈을 꾸고 있나? 아니면 유니 센싱이 작동하고 있는 건가? 졸음이 파도처럼 쏟아지는 비몽사몽간에 밖을 내다보았다. 엑스 할아버지일까? 하지만 할아버지치고는 그림자의 움직임이 민첩했다. 그림자가 우리 집 쪽으로 가고 있었다. 푸키 누나였다.

나는 조심스럽게 나무집 사다리 밑으로 내려가 보았다. 거기서 내가 뭘 찾았게? 돌. 우주를 닮은 또 하나의 아름다운 돌이 놓여 있었다. 지금껏 나무집 밑에 돌을 갖다 놓은 사람은 엑스 할아버지가 아니라 푸키 누나였던 거다. 내가 돌을 들고 고맙다고 인사할 때마다, 엑스 할아버지가 왜 그렇게 어리둥절한 표정을 지었는지 이제야 알았다.

푸키 누나에게 고맙다고 해도 될까? 그러면 누나가 당황하거나 화를 내지 않을까? 누나는 이 일을 비밀로 간직하고 싶을지도 모른다. 그동안 누나는 날 그렇게 미워하면서 왜 돌을 주워다 줬을까? 혹시 날 미워하는 게 아니었나? 어쩌면 그 돌들이 푸키 누나에게는 사랑의 언어였을지도…….

다시 잠자리에 들기 전, 푸키 누나가 짊어지고 다니는 무쇠솥이 눈앞에 떠올랐다. 하지만 이제 그 솥은 전보다 훨씬 가벼워 보이는 것 같았다.

최악의 시간

"그 구명조끼 좀 벗지 않을래?"

이건 엑스 할아버지가 강습 3일째 내리 하는 말이었다. 이제 구명조끼를 벗을 때가 되었다고, 안전할 테니 아무 걱정하지 말라고.

나는 의자에 앉아 있는 푸키 누나를 돌아보았다. 오늘도 누나는 선글라스를 쓰고 이어폰으로 귀를 틀어막고 있었다. 음악 소리가 여기까지 들렸다. 내가 도와 달라고 소리를 질러도 누나 귀엔 안 들릴 게 뻔했다. 내가 물에 빠지면 엑스 할아버지가 나를 구해 줄 수 있을까? 그럴 힘이 충분할까? 엑스 할아버지는 정말, 정말 쇠약해 보였다.

"어서, 줄리안……. 내 양손주야."

엑스 할아버지가 나를 양손주라고 불러 주었다. 그래서 나는 일단 시도해 보기로 마음먹었다.

나는 뒤로 돌아서서 눈을 감았다. 그러고는 버클을 하나씩 풀기 시작했다. 버클 풀리는 소리가 시끄럽고 날카롭게 귓속으로 파고들었다. 지퍼를 내리는 소리는 사고 위험을 감지한 기차가 충돌 직전에 철로 위에 끼익, 하고 급정거하는 소리 같았다. 심장이 쿵쿵 뛰었다. 바야흐로 구명조끼가 몸에서 떨어져 나갔다. 나는 떨리는 몸을 진정시키기 위해 두 팔로 팔짱을 꼈다.

엑스 할아버지의 입에서 별안간 욕설이 튀어나왔다. 내 가슴에 선명한 흉터 자국을 보고 충격을 받은 모양이었다. 나는 할아버지가 보지 못하게 가슴팍을 손으로 가렸다.

"아무것도 아니에요."

"아무것도 아니라고?"

"그냥, 수술 자국이에요."

"수술 자국?"

"네, 심장 수술을 받았거든요."

날씨가 점점 더 추워지고 있는 걸까? 몸이 점점 더 떨렸다.

"너희 엄마는 이 얘길 왜 안 해 주신 거지? 의사였다면서? 세상에, 맙소사!"

엑스 할아버지는 욕을 하면서 안절부절못하더니 갑자기 호통을 쳤다.

"구명조끼 다시 입어!"

나는 구명조끼를 집어 들었다. 하지만 몸을 심하게 떨고 있어서인지 구명조끼가 자꾸만 손에서 미끄러졌다. 겨우겨우 팔 하나를 조끼 구멍에 끼우고 다른 한 팔도 마저 끼웠다. 그 시간이 영원처럼 길게 느껴졌다. 같은 자리를 왔다 갔다 하면서 욕설이나 내뱉는 할아버지의 행동은 내게 전혀 도움이 되지 않았다.

열일곱 번의 시도 끝에 플라스틱 버클을 모두 잠갔다. 웬일인지 버클이 내 가슴을 짓누르는 듯한 느낌이 들었다. 버클을 다시 풀 수도, 숨을 쉴 수도 없었다. 나는 어떻게든 호흡을 해 보려고 헉헉거리다가 그만 비명을 꽥 질렀다. 처음에는 떨려 나오던 비명 소리가 한순간에 폭발하듯 터져 나왔다. 엄마가 그 소리를 듣고 호숫가로 황급히 달려 나왔다.

엄마는 파랗게 질린 나를 보고 덩달아 비명을 질렀다. 그러고는 나에게 숨은 쉴 수 있는지, 왜 엄마를 부르지 않았는지 다그쳐 물었다. 엄마를 부르려 했지만 목소리가 잘 나오지 않았다고 아무리 이야기해도 내 말이 전혀 들리지 않는 모양이었다.

"괜찮아요, 엄마! 공황 발작이라고요. 그렇지, 줄리안?"

푸키 누나가 말했다.

"그런 것 같아."

내 목소리가 내 귀에도 아주 낯설었다. 그래서 나는 얼른 이렇게 덧붙였다.

"이제 괜찮아지고 있는 것 같아요."

"정말이지?"

엑스 할아버지가 풀 죽은 소리로 물었다.

"네, 괜찮아요."

"거봐요."

푸키 누나가 말했다.

"푸키, 네가 지켜보고 있기로 했잖니! 이어폰으로 그렇게 귀를 틀어막고 있으니, 동생한테 무슨 일이 벌어진 줄도 모르지! 지금 당장 병원에 가야겠어."

엄마가 누나를 나무라더니 나를 자동차로 끌고 갔다. 나는 그 손아귀에서 벗어나려고 몸부림을 쳤다. 충격을 받았는지 멍하니 서 있는 엑스 할아버지에게로 달려가고 싶었다. 하지만 엄마는 어디서 그런 초능력이 솟구치는지 힘이 장사였다. 나를 차 안으로 거침없이 밀어 넣고는 차문을 꽝 닫았다. 나는 엑스 할아버지를 향해 외쳤다.

"괜찮아요! 괜찮아요! 전 괜찮아요!"

하지만 엑스 할아버지는 내 목소리가 들리지 않는 모양이었다. 그 상황에서 내가 할 수 있는 일은 차창 밖을 내다보는 것뿐이었다. 호수 선착장 위에 서 있는 엑스 할아버지의 모습이 잔물결처럼 흔들렸다. 그러다 까무룩 정신을 잃었다.

마음이 다급해진 엄마는 집에서 제일 가까운 병원으로 나를 데려갔다. 병원에 도착할 무렵, 나는 다행히 상태가 꽤 좋아져 있었다. 응급실에 실려와 있다는 것만 빼면 견딜 만했다.

엄마는 의사 선생님에게 쉬지 않고 소리를 질러 댔다. 미친 사람처럼 계속 "팔로사징! 팔로사징!"을 외쳤고, 의사 선생님은 한껏 질린 표정으로 검사를 시작했다. 혈액 검사와 초음파 검사, 심전도 검사를 받았다. 그 밖에도 줄줄이 검사가 계속되었지만, 어느 순간부터인가는 기억이 나지 않았다. 병원에서 검사를 받는 내내, 평행 우주로 가서 오랜만에 루디를 만났기 때문이다. 우리는 실내 자전거가 아닌 진짜 자전거를 타고 놀았다.

FART! … 팔로사징

쉽게 말해, '팔로사징'은 심장에 구멍이 생겨 정상적으로 박동이 뛰지 못하는 선천성 심장병이다. 내가 알기로는, 잘 관리만 하면 성인이 되는 데까지는 큰 지장이 없다. 말하자면 최악의 병은 아니다. 하지만 성인이라고 하면 투표권이 생기는 나이를 말하는지, 아니면 성인 영화를 볼 수 있는 나이를 말하는지 분명하지 않다. 어렴풋이 열여덟 살이나 스무 살까지가 내게 주어진 시간이 아닐까, 하고 짐작해 볼 뿐이다.

누군가는 "그런 건 인터넷으로 검색해 보면 금방 나오지 않나?"라고 할지 모르지만…… 글쎄? 자기가 언제 죽는지 미리 알고 싶은 사람이 있을까? 나는 죽음이 다가오고 있다는 사실뿐 아니라, 죽음을 피할 방법이 없다는 것도 알고 있다. 내가 이 병에 대처하는 유일한 방법은 외면하려고 노력하는 것이다, 방 안의 코끼리처럼. 그래도 문제는 남는다. 아무리 아닌 척해도 이따금 두려움이 아주 커진다는 것.

어둠이 깔린 저녁에야 겨우 병원 진료를 끝마치고 집으로 돌아왔다.

엄마는 초콜릿 우유를 마시는 나를 지켜보더니, 마시멜로를 봉지째 꺼내 주며 그만 자러 가라고 말했다. 낌새가 하도 수상해서 창밖에서 부엌을 살짝 들여다보았다. 엄마가 조앤 아줌마에게 전화를 걸더니 끝내 울음을 터뜨렸다.

얼마 뒤 등을 돌렸을 때, 엑스 할아버지가 테라스에서 나를 보고는 자리에서 벌떡 일어나는 모습이 보였다. 얼마나 오랫동안 저기에 앉아 있었던 걸까?

나는 할아버지네 테라스에 있는 흔들의자에 가서 앉았다. 엑스 할아버지는 긴 나무 의자에 허리를 곧추세우고 앉았다. 두 사람의 입장이 완전히 뒤바뀐 모양새였다. 엑스 할아버지는 걱정이 가득했고, 나는 이상하게도 마음이 편안했다. 구명조끼를 입지 않고 손에 들고만 있는데도.

"괜찮아요. 다 좋대요."

때로는 거짓말이 필요하다.

"내가 뭘 해 줄 수 있을까?"

"이미 많은 걸 해 주셨어요. 제 친구가 되어 주셨잖아요. 가족들도 귀찮아 하는 제 얘기를 다 들어 주시고. 그런데……."

"그런데?"

"이제 우주의 마법도 알아주실까요?"

"글……쎄다. 우주의 마법이란 게 널 어떻게 돕는 거지?"

"지금 이렇게 살아 있든, 몸이 죽어 별이 되었든, 아님 마음이 평행 우주에 가 있든, 우린 모두 연결되어 있어요. 할아버지가 그걸 꼭 알아주시면 좋겠어요."

엑스 할아버지가 고개를 끄덕였다.

"안녕히 주무세요, 할아버지."

"잘 자라, 줄리안."

"평행 우주에서 또 만나요, 할아버지."

"또 보자, 내 손주."

엑스 할아버지가 얼굴 가득 미소를 머금었다. 나도 할아버지를 향해 방긋 웃어 주었다.

발걸음을 옮기다가 푸키 누나가 호수 선착장 위에 앉아 있는 모습을 보았다. 나는 그 곁으로 가서 누나를 불렀다.

"……공황 발작, 맞지?"

"응, 하지만…… 작별인사 하러 왔어. 나, 곧 죽나 봐."

"하룻밤 잘 쉬면 돼, 꼬맹아."

푸키 누나가 두 눈을 부라리며 말했다. 내가 아무 대꾸도 하지 않자, 누나가 목소리 톤을 바꾸어 물었다.

"왜 그러는데?"

"병원에서 몇 가지 검사를 받았어."

"그런데?"

"엄마가 조앤 아줌마한테 전화를 걸고선 막 울었어. 그리고 나한 테 이걸 주면서 다 먹어도 된대."

나는 푸키 누나 얼굴 앞에 마시멜로 봉지를 흔들어 댔다.

"말도 안 돼!"

누나의 얼굴이 사색이 되었다.

그때 조앤 아줌마의 아웃백 자동차가 자갈을 튀기며 마당으로 미끄러져 들어왔다. 서둘러 차에서 내린 조앤 아줌마가 현관 계단 을 한꺼번에 두 칸씩 뛰어 올라갔다. 누나는 내가 들고 있던 구명 조끼를 잡고서 집으로 냅다 뛰었다. 마치 이색 이인삼각 경기에 참 가한 기분이었다.

엄마는 부엌 식탁에 앉아 어깨를 들썩이며 흐느끼고 있었다. 조 앤 아줌마는 병원 진료 소견서를 읽다가 우리를 향해 손을 번쩍 들 었다.

"안녕, 꼬맹이들!"

"이젠 아무도 믿지 않을 거예요! 내 동생이 죽는다니요? 그걸 왜 나한테 얘기해 주지 않은 거예요?"

절규하는 듯한 누나의 목소리에 나도 슬픔이 북받쳐 올랐다.

"이제 나 죽어요?"

엄마와 조앤 아줌마가 눈을 크게 떴다.

"대체 무슨 소리야? 줄리안은 최소한 오십 살까지는 살 거야."

조앤 아줌마가 대답했다.

"네?"

"오십 살……이라고요?"

우리 남매는 어안이 벙벙한 표정으로 엄마와 조앤 아줌마를 쳐다보았다.

"말은 바로 해야지. 더 오래 살 수도 있어. 완치도 가능하고!"

이번에는 엄마가 조앤 아줌마를 쏘아보며 덧붙였다.

"너, 정말 그보다 빨리 죽을 거라고 생각했니?"

조앤 아줌마가 내게 물었다.

"네!"

"왜?"

"제가 곧 죽을 것처럼 엄마가 항상 겁에 질려 있었으니까요!"

엄마의 입이 딱 벌어졌다.

"줄리안, 나는 네가 안전하기를 바랐을 뿐이야. 팔로사징이라는 위험 요소를 갖고 태어났으니까. 몸에 무리가 가는 운동은 피해야 하고, 언제나 항생제를 먹어야 하고, 스트레스를 조심해야 하고, 또⋯⋯."

"근데 왜 맨날 소곤거리시는 거예요? 그럴 때마다 제 가슴이 얼마나 뛰었는데요. 오늘도 그래요. 검사 결과가 너무 절망적이라서, 저한테 마시멜로를 봉지째 주신 줄 알았다고요!"

엄마가 얼빠진 표정으로 조앤 아줌마를 쳐다보았다. 아줌마가 팔짱을 끼고는 눈썹을 추켜올리면서 나를 보고 말했다.

"네 엄마가 알아주는 걱정 대장이잖니?"

"이런 게 바로 역효과라는 거네요."

푸키 누나가 말했다.

"내가 늘 말했잖아, 잘될 거라고."

조앤 아줌마가 힘을 줘서 말했다. 푸키 누나가 콧방귀를 뀌었다.

"아줌마가 그렇게 말할 때마다 잘된 거 하나도 없거든요?"

"어럽쇼! 이건 또 무슨 섭섭한 말씀인지!"

"속 시원히 다 말해 볼까요? 제 드라마 캠프는요, 네? 아마 잘되겠지요? 근데 마지막 기수까지 몽땅 마감되었을지 누가 알아요? 멀쩡한 직장을 내던진 엄마는요, 시간이 해결해 주나요? 그것도 잘되겠냐고요? 그리고 처참한 재앙을 몰아온 이 민박집은요? 네, 두고 보면 잘되겠지요?"

누나가 식품 저장실 안으로 들어가 찬장 문들을 쾅쾅 닫았다. 엄마와 조앤 아줌마는 둘이서 계속 소곤거렸다. 엄마가 "푸키는 그냥……."이라고 말하면, 조앤 아줌마가 "더 이상 푸키랑 같이 살 수 없어……."라고 되받는 식이었다. 한참을 옥신각신하던 두 사람은 또 갑자기 휴전을 맞이했다. 엄마가 "글쎄, 지금 당장 그 의사한테 가서 확인할게!"라고 말하자, 조앤 아줌마가 "좋아! 남은 30분 마저 근무하고 올게. 그래야 급여가 제대로 나오니까!"라고 말했다.

늘 저런 식이라니까! 시시때때로 티격태격해도 결국에는 손발이 척척 맞았다. 잠시 후 두 대의 자동차가 어둠 속으로 사라졌다.

오리온자리의 끝

집이 어둠과 침묵에 휩싸이자, 나는 두근거리는 가슴을 안고 천체 망원경 앞으로 다가갔다. 렌즈를 들여다보았다. 유난히 선명하고 깨끗한 밤하늘이었다. 오늘 밤에는 아주 특별한 사건이 일어날 것만 같았다. 아, 오리온자리가, 별들이 태어난 성운이 보였다. 마치 성긴 날개를 가진 새 한 마리가 우주를 관통해 날아가는 것만 같았다. 그야말로 마법이었다. 이런 느낌은 난생처음이었다.

문득 나는 푸키 누나가 부엌문 밖으로 나와 서 있는 모습을 발견했다. 무척이나 반가웠다.

"누나, 이리 와서 하늘 좀 봐!"

푸키 누나가 잠시 주저하다 마지못한 얼굴로 터덜터덜 다가왔다. 드디어 누나가 내 천체 망원경을 보게 되었다! 그런데 얼굴을 자세히 보니 누나는 아직 화가 풀리지 않은 듯했다.

"내가 일찍 죽는 게 아니었다니, 진짜 믿을 수가 없어!"

"그래, 그래서 우리 집이 널 중심으로 돌고 있잖아. 네가 태양이고, 우린 네 주위를 공전하는 거지. 네가 언제 폭발할지 알 수 없어서, 우린 늘 숨을 죽이고 있어야 하는 거야."

나는 피식 웃음이 났다.

"누나, 그건 오해야. 우리 가족은 지금 누나를 둘러싼 채 그 주위를 뱅뱅 돌고 있거든?"

하지만 누나는 웃지 않았다.

"나를? 나는 이 집에서 가족 취급도 못 받고 있어. 난 내가 이 빌어먹을 집에서 떨어져 나갈 때를 기다리고 있지만은 않겠어. 저 사람들도 대놓고 말은 안 하지만 그걸 바라고 있을 거라고. 내가 모를 줄 알아?"

"그게 무슨 말이야?"

"정말 몰라? 조앤 아줌마가 얘기하는 거 똑똑히 들었지. 나랑 같이 못살겠다고."

"못 들었어."

나는 거짓말을 했다.

"누나, 왜 그래! 설령 그랬다고 해도 그건 심각한 뜻으로 한 말이 아닐 텐데. 누나도 알잖아. 아줌마가 가끔 덮어놓고 투덜대는 버릇이 있는 거."

"아니, 그런 뜻으로 한 말 맞아. 엄마도 내가 없어지길 간절히 바라고 있고. 그러면 저들이 왜 저렇듯 지긋지긋하게 참고 사느냐? 그건 내가 아직 미성년자이기 때문이야. 성인만 되어 봐. 가차 없이 날 버릴걸? 우리는 진짜 가족도 아니니까!"

"아니, 우리는 가족이야. 우리를 둘러싼, 우리를 사랑하는 모든 사람이 다 우리 가족이야."

이건 엄마가 우리 남매에게 자주 하는 말이었다. 푸키 누나가 고개를 절레절레 흔들었다.

"순진해 빠져 갖고는. 이게 다 너 때문이잖아, 응? 모든 게 너한테 맞춰져 있어. 엄마가 왜 일을 관두고 이딴 촌구석으로 이사를 왔는지 넌 정말 모르는 거니? 여리디여린 줄리안을 위해 스트레스 청정 지역으로, 밤마다 천체 망원경을 끼고 살 수 있도록 이사 온 거잖아!"

"아니, 이사는 엄마가 원해서 결정하신 거지."

"누가 뭐래? 엄마가 그러는 게 다 너 때문일 거라는 생각을 안 해 봤니?"

"그건 아니야, 정말."

"아무렴, 우리가 널 워낙 자기중심적인 애로 키워서 모르는 거겠지."

"난 나만 생각하지 않아! 나도 식구들 걱정은 많이 해!"

"황태자처럼 떠받들어 주니까, 세상이 자기를 중심으로 도는 줄 알고?"

"아니야, 아니라고!"

"옆집 할아버지도 네 비위를 맞춰 주느라고 무지무지 고달플 거다."

나는 얼굴이 벌겋게 달아올랐다. 온몸의 근육이 팽팽해지고 있었다. 눈을 가늘게 뜬 채 한껏 부라리고 있었다, 마치 누나처럼.

"너, 그 할아버지 말고는 친구가 한 명도 없잖아. 아마 엄마가 그 할아버지한테 부탁했을걸?"

"아니, 그렇지 않아."

"툭 까놓고 얘기해서 누가 널 좋아하겠냐? 너, 친구 사귀어 본 적은 있어?"

숨이 가빠지면서 심장 박동이 급격히 빨라졌다.

"그러니까, 엄마랑 아줌마 말고 아는 사람 있냐고……. 네 아빠에 대해 궁금해해 본 적은? 두 개의 행성이 널 뱅뱅 돌고 있지. 엑스 할아버지까지 합하면 셋이네? 그 할아버진 사실 그림자 행성에 불과하지만."

"그만하라고!"

푸키 누나가 눈썹을 치켜올렸다. 그건 대개 '너나 그만하지.'라는 뜻이었다.

"적어도 난 누나 같은 골칫덩어리가 아니거든!"

"하! 기가 막혀서. 엄마랑 아줌마가 너한테 그러던?"

"왜, 아니라고 말할 자신 있어? 누나의 그 소중한 아빠도 똑같이 말할걸?"

누나 얼굴이 갑자기 어두워졌다.

"다시는 그딴 식으로 말하지 마. 네가 나와 아빠의 관계를 알기나 해?"

"그 사람, 누나랑 아무 관계도 없거든!"

"닥쳐!"

"그 사람은 누나를 알지도 못하잖아!"

"닥치라고 했지!"

누나 목소리가 한층 더 격해졌다. 하지만 나는 목소리를 더 크게 키우고 말했다.

"그 사람은 누나가 태어난 줄도 모를 거라고! 만일 그 사람이 누나를 알았다 해도 아마 좋아하지 않을 거고!"

그러자 누나의 몸속 깊숙한 곳에서부터 울부짖음이 터져 나왔다. 누나가 내 천체 망원경을 있는 힘껏 밀쳤다. 망원경이 땅바닥으로 넘어지면서 와자작 부서지는 소리를 냈다. 마치 폭발하는 별처럼 접안렌즈와 플라스틱 몸체가 산산조각이 났다.

누나는 울음을 터뜨리며 집 안으로 뛰어갔다.

사실, 울 사람은 난데.

나는 완전히 박살이 난 천체 망원경 조각을 주워 들었다. 고치는

건 절대 불가능했다. 눈앞에서 빤히 벌어진 일인데, 도무지 믿을
수가 없다. 저 멀리 떨어진 은하에서 폭발한 초신성을 목격한 것
같았다.

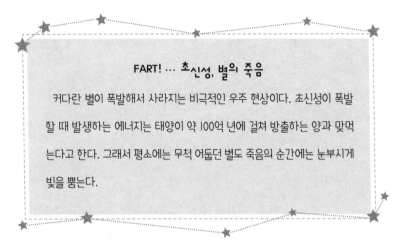

FART! ··· 초신성, 별의 죽음

커다란 별이 폭발해서 사라지는 비극적인 우주 현상이다. 초신성이 폭발
할 때 발생하는 에너지는 태양이 약 100억 년에 걸쳐 방출하는 양과 맞먹
는다고 한다. 그래서 평소에는 무척 어둡던 별도 죽음의 순간에는 눈부시게
빛을 뿜는다.

"어떻게 된 거니?"

근무를 마치고 돌아온 조앤 아줌마가 천체 망원경의 잔해를 내
려다보며 물었다.

"누나랑 싸웠어요. 누나가 저더러 우리 집 태양이래요. 다들 저
를 중심으로 돌고 있다고요. 다 저 때문이래요. 우리가 메인주로
이사 온 것도요."

"흠, 푸키가 오해를 한 것 같구나. 메인주로 이사 온 건 여러 가
지 이유가 있었는데……. 푸키도 그 이유 중 하나고."

"정말이에요?"

"워싱턴 디시에 있을 때 불량한 친구들을 사귀고 있었거든."

나는 조앤 아줌마에게 푸키 누나와 말다툼한 내용을 하나하나 털어놓았다. 누나네 아빠는 누나를 좋아하지 않을 거라고 말했다는 것도, 조앤 아줌마가 누나랑 못살겠다고 말하는 걸 누나가 들었다는 것도.

"내가 그런 말을 했다고?"

"아까 저녁에요. 아줌마가 '더 이상 푸키랑 같이 살 수 없어.'라고 하셨잖아요. 누나가 그 말을 들었대요."

"세상에, 이럴 수가. 나는 푸키가 이대로 드라마 캠프를 놓치면 더는 견디지 못할 거라고, 그래서 푸키와 같이 살려면 캠프를 보내주어야 한다고 생각했어! 결국 통장 잔고를 털어서 드라마 캠프에 등록했는데……. 네 엄마는 그걸 두고 아무런 상의도 없이 그랬다고 화를 냈지. 네 엄마가 그러더라. 푸키는 내가 아는 것보다 훨씬 더 올곧고 질긴 아이라고."

"그랬구나……."

"푸키가 뭔가 크게 오해하고 있는 거 같아."

"그치만, 엄마랑 아줌마가 누나한테 가혹하게 대할 때가 있어요."

"거기엔 그럴 만한 내력이 있잖니? 워싱턴 디시의 짓궂은 친구들도 한몫했고……. 그러다 보니 툭하면 툴툴거리는 게 서로 습관이 된 거지."

"자세한 내용은 모르겠지만, 두 분은 워싱턴 디시를 떠나 새 출발을 한 지금까지도 누나한테 종종 화를 내시잖아요."

조앤 아줌마가 욕설을 내뱉었다.

"죄……송해요."

"아니야. 그냥 나 자신에게 화가 나서 욕이 튀어나왔구나. 난 푸키를 사랑해. 푸키의 반항이 점점 더 심해지고 있어도……. 이래 봬도 꾹 참고 하지 않은 말도 꽤 많아. 나, 입이 걸잖아. 푸키가 집을 나가겠다고 을러댈 때는 '아유, 제발 좀 그래 줄래? 짐 가방은 내가 싸 줄게!'라고 질러 버리고 싶은데, 차마 그렇게까지는 안 하지. 진심이라고 오해할지도 모르니까."

문득 나는 집에서 인기척이 사라졌다는 생각이 들었다.

"안 돼."

나는 냅다 집 안으로 뛰어갔다.

"줄리안! 왜 그래?"

부엌문을 밀치고 들어가 식품 저장실로 들어갔다. 오, 안 돼! 조앤 아줌마가 뒤따라 식품 저장실 안으로 들어왔다.

"초상화 액자가 사라졌어요. 가방도요. 누나가 집을 나갔나 봐요."

조앤 아줌마가 욕을 하면서 두 손으로 머리를 감쌌다. 그러나 마침내 머리에서 손을 내렸을 땐, 전직 선원답게 표정이 돌변해 있었다. 굳센 의지로 불타오르는 눈빛이었다.

"당장 나가서 누나를 찾아올게. 엄마한테도 전화해서 상황을 설명하고. 엄마랑 나랑 둘이 나서면 금방 푸키를 찾을 수 있을 거야."

"저도 따라갈래요."

"아니, 푸키가 돌아올 경우를 대비해서 한 사람은 집에 있어야 해. 옆집 할아버지, 집에 계실까?"

"아마도요."

평행 우주에서라면 무수히 많은 가능성이 있었다.

"다행이다. 만일 필요한 게 있으면 엑스 할아버지를 찾아가."

"알겠어요."

아줌마가 차를 끌고 집을 나간 뒤에야 한 가지 사실을 깨달았다. 내게는 아무런 연락 수단이 없었다. 휴대폰도, 집 전화도. 이제 난 호숫가 옆 낯선 우리 집에 홀로 남았다. 완벽히 혼자였다. 사실, 엑스 할아버지는 이곳에 계시지 않았다.

나는 한때 내 천체 망원경이 서 있던 자리에 우두커니 서 있었다. 고개를 젖힌 채 맨눈으로 밤하늘을 한참 올려다보았다. 누나가 우리를 떠나지 않기를 바라고 또 바랐다. 그때 갑자기 유성이 떨어졌다.

"아!"

나도 모르게 탄성이 새어 나왔다. 여태까지 살면서 두 눈으로 유성을 직접 본 건 처음이었다. 유성은 곡선을 그리며 호수 위를 가로질러 사라졌다. 심장이 쿵쿵 뛰었다. 유성이 사라진 곳, 누나는 바로 그곳으로 간 것이다! 그건 우주가 보낸 신호가 분명했다. 하지만 그곳으로 가려면 호수를 가로질러야 했다.

'만일 필요한 게 있으면 엑스 할아버지를 찾아가.'

조앤 아줌마의 말 속에 힌트가 있었다. 비록 할아버지는 곁에 없지만 보트는 있었다.

쪽지를 남길 시간은 없었다. 구명조끼를 입느라 시간을 조금 지체했다.

엑스 할아버지의 차고를 열고 스티로폼 배를 끌어냈다. 덩치가 커서 그렇지, 손힘만으로 쉽게 선착장 근처로 옮길 수 있었다.

호숫가로 보트를 대면서 나는 엄청난 사실을 발견했다. 물 위에 반사된 별빛이 내 앞을 환히 비추고 있었다. 물 위에 우주 전체가 완벽하게 비치었다. 물론, 모든 사물에는 우주가 깃들어 있다. 그런 사실을 입이 아프게 떠들어 대면서도 나는 왜 호수 속의 우주는 깨닫지 못했을까? 우주는 바로 이곳에 항상 존재하고 있었다. 나를, 우리 모두를 바라보면서.

하지만 호수 속의 우주는 늘 알고 있던 우주와는 사뭇 달랐다. 강력하고 혼란스럽고 거대하고 위협적이었다.

배 위에 올라타는데, "아씨우감마노!" 하고 욕이 절로 튀어나왔다. 공황 발작을 일으키지 않기 위해 딴생각을 해 보기로 했다. 그래, 큰 소리로 스페인어를 연습하는 거야.

"'안녕하세요?'는 '홀라!', '안녕히 가세요!'는 '아디오스!', 그리고

'나는 마시멜로를 좋아합니다.'는 '메 거스타…….'"

잠깐, 스페인어로 마시멜로가 뭐지? 거봐, 난 아직 죽을 수 없어. 왜냐하면 스페인어로 마시멜로가 뭔지 알고 싶으니까. 지금 무너질 순 없어. 게다가 누나를 찾아야 해.

"미 허르마나(우리 누나를)……."

나는 스티로폼 보트를 타고 호수를 가로질러 누나를 찾으러 가야 했다. 하지만 엑스 할아버지 말이 맞았다. 로잉 머신 좀 저어 봤다고 진짜 배를 몰 수는 없었다. 배는 원을 그리며 빙글빙글 돌았고, 물이 자꾸만 배 안으로 들어왔다. 결국 나는 호수에다 토사물을 뱉어 냈다.

"미안, 물고기야."

어쨌거나 목적지를 보며 계속 나아가야 했다. 하지만 내 맘대로 되지 않았다. 어느새 엉덩이가 물로 흠뻑 젖었다. 나는 가쁜 숨을 몰아쉬며 계속 노를 저었다.

그때 멀리서 엑스 할아버지의 목소리가 희미하게 들리는 것만 같았다.

'살아, 살아야 해. 넌 살아야 해.'

마치 주문과도 같았다. 나도 그 주문을 따라 외기 시작했다.

"넌 살아야 해, 넌 살아야 해."

나는 엑스 할아버지가 유니 센싱으로 나의 응답을 듣고 미소를 지었다는 사실을 알 수 있었다. 지금은 비상 상황이고, 나는 그 사실을 분명히 인식하고 있는데도 마음이 편안해졌다.

"넌 살아야 해, 넌 살아야 해."

마음을 다잡고 다시 노질을 시작했다. 순간 보트가 부서지며 몸이 물속에 잠겼다. 가슴을 꽉 조인 구명조끼 밑으로 삽시간에 한기가 파고들었다. 숨 쉬기가 어려웠다. 누군가 내지르는 비명 소리가 귓전을 때렸다. 물을 몇 번이나 들이켜고 나서야 겨우 입을 다물었다. 그제야 비명 소리가 뚝 그쳤다.

그래, 비명 소리는 바로 내 목소리였다.

'넌 살아야 해.'

귓전에서 물이 튀는 소리가 들렸다.

'넌 살아야 해.'

나는 물속에 가라앉지 않고 둥둥 떠 있다는 사실에 집중했다.

'넌 살아야 해.'

계속 주문을 외었다.

'넌 살아야 해.'

순간 무언가가 장딴지를 사납게 할퀴었다. 다시 비명이 터져 나왔다. 발을 차고 팔을 휘젓다가, 내 다리를 할퀸 것의 정체를 알게 되었다. 나뭇가지였다. 호수를 구부정하게 내려다보고 있는 나무에서 뻗어 나온 나뭇가지……

나는 그 나뭇가지를 붙잡고 있는 힘껏 몸을 땅 쪽으로 끌어올렸다. 겨우 다시 뭍에 다다랐다.

이제 내 귓전을 울리는 건 내 숨소리뿐이었다. 그 소리가 너무 크고 이상야릇해서, 내가 오랑우탄이 되어 으르렁대고 있는 것 같았다. 다시 누나가 떠올랐다. 여기서 이러고 있을 때가 아니었다.

"넌 살아야 해."

나는 몸을 일으킨 뒤, 후들거리는 두 다리로 비틀비틀 걷기 시작했다.

우주를 달리는
경찰차

"애, 길을 잃었니?"

멋진 모자를 쓴 아저씨가 메인주의 보안관 배지가 그려진 경찰차를 타고 물었다.

"가출한 누나를 찾으러 가는 중이에요."

"부모님은?"

"누나 찾으러 가셨어요."

"그렇다면 넌 집에 있기로 했겠구나. 왜 그렇게 흠뻑 젖었니?"

"배를 타고 호수를 건너려다 물에 빠졌어요. 근데 길게 이야기해 드릴 수가 없네요. 제가 지금 진짜 급해서요."

오한이 들었는지 온몸이 와들와들 떨렸다.

"차에 타서 설명해 볼래? 같이 찾아보자."

나는 재빨리 조수석에 앉아 안전벨트를 맸다. 경찰 아저씨가 트렁크에서 꺼내 온 담요를 건네고는, "가출 청소년에 대한 신고가 들어왔다."고 무전을 치더니 곧바로 출발했다.

"누나에 대해 얘기해 보겠니?"

나는 그동안의 자초지종을, 워싱턴 디시를 떠나며 시작된 우리 가족의 무모했던 새 출발부터 엑스 할아버지의 등장, 누나의 방황, 깨어진 천체 망원경까지 빠짐없이 이야기했다. 또 마트 옆에 세워져 있던 카마로 스포츠카와 누나의 반바지를 흘끔대던 스포츠카 주인에 대해서도……. 이 대목에서 경찰 아저씨는 갑자기 자동차를 유턴하며 다시 무전기에 손을 뻗었다. 가슴이 철렁했다. 혹시 그자가 범죄 용의자?

"주변 수색을 마쳤다. 이제 가까운 버스 터미널로 이동하겠다."

휴, 스포츠카 때문이 아니었던 모양이다.

"우리 누나, 괜찮겠죠?"

내 입에서 튀어나온 말들이 눈물방울로 바뀌어 뺨을 적셨다.

"걱정 마라. 내가 순찰 도는 동안에는 절대 잃어버리지 않을 테니까."

경찰 아저씨는 사이렌을 울리며 가속 페달을 밟았다. 그러자 자동차가 광속으로 솟구치는 로켓처럼 불빛을 번쩍번쩍 내뿜으며 어둠을 돌파해 나갔다. 마치 우주선을 타고 빛의 속도로 우주 공간을 날아가는 기분이었다. 나는 아폴로 13호가 그랬듯이, 푸키 누나가 무사 귀환할 수 있기를 간절히 기도했다.

이윽고 버스 터미널에 도착했다. 경찰 아저씨는 일단 워싱턴 디시행 버스를 탄 십 대 소녀가 있는지 알아보겠다고 했다. 그러나 워싱턴 디시행 버스는 이미 움직이기 시작한 뒤였다!

"멈춰요!"

경찰 아저씨가 뛰어가며 외쳤다. 나도 정신없이 버스 꽁무니를 뒤따라 달리기 시작했다.

"가지 마, 가지 마, 가지 마!"

그런다고 내 울부짖음이 누나에게 들릴까! 나는 블랙홀 속으로 사라진 사람을 향해 소리치는 심정이었다. 시커먼 매연 속으로 서서히 멀어지다가 아주 사라져 버리는 난쟁이별 같은 빨간 미등……

그때 얼굴이 보였다. 눈을 동그랗게 뜨고 입을 쩍 벌린 채, 버스 맨 뒤 차창에서 이쪽을 돌아보고 있는 누나의 얼굴이……. 모퉁이만 돌면 사라져 다시는 되돌아올 것 같지 않던 버스가 휘청거리나 싶더니 끽 하고 멈춰 섰다. 나는 죽어라 달렸다.

버스 문이 열렸다. 푸키 누나가 블랙홀에서 도망치듯, 버스에서 팅겨져 나와 내 쪽으로 달려왔다. 무거운 배낭을 내동댕이치고 더 빨리, 있는 힘껏. 누나는 나를 번쩍 들어 올려 꼭 껴안고 빙글 돌았다. 내가 어릴 때 누나가 늘 해 주던 것처럼. 그때와 다른 게 있다면 우리가 웃지 않고 있다는 것뿐이었다. 우리는 울고 있었다.

"미안해, 미안해, 미안해."

나는 눈물 범벅이 된 얼굴로 말했다.

"나도 미안해, 정말 미안해, 미안해."

푸키 누나도 눈물을 삼키며 말했다.

"왜 이렇게 홀딱 젖었어? 여긴 어떻게 왔고?"

"엑스 할아버지네 보트를 부숴 버렸어. 누나한테 가려고 호수를 건너다가."

"뭐?"

"스티로폼 보트였거든."

"네가 스티로폼 보트를 타고 물에 들어갔다고?"

푸키 누나가 눈물을 하염없이 흘리며 또다시 나를 꼭 끌어안았다. 옆에서 헛기침 소리가 들렸다. 그제야 경찰 아저씨가 옆에 있었다는 사실이 생각났다.

"학생, 짐은 저게 전부니?"

누나는 우느라 대답을 하지 못했다. 그래서 내가 대신 고개를 끄덕였다.

"어서 출발하세요! 이제 저 학생은 집으로 간대요."

경찰 아저씨가 배낭을 집어 들고 버스 운전수에게 이렇게 말하고는 손을 크게 흔들었다.

"돌……. 누나가 준 선물이었지? 고마워."

"엑스 할아버지에 대한 얘기, 진심으로 한 말이 아니야. 할아버지는 분명 널 좋아하실 거야."

"나도, 누나 아빠에 대해 한 말, 진심이 아니었어. 그분도 누나를 좋아할 거야."

누나가 침을 꿀꺽 삼키고는 고개를 끄덕였다.

"엄마가 늘 하시는 말씀, 있지. 가족은 우리 주변에 있는 사람들이라고."

"그래, 서로 사랑한다면 누구나 가족이 될 수 있다는……."

누나가 말끝을 흐렸다. 누나는 지금도 그 누구보다 아빠를 그리워하고 있는 게 아닐까?

"아까 조앤 아줌마가 했다는 말, 이번 드라마 캠프를 놓치면 앞으로 누나랑 같이 사는 내내 마음의 짐이 될 것 같다는 뜻이었대."

푸키 누나는 쩍 벌어진 입을 한동안 다물지 못했다.

"그래서 아줌마는 남은 돈을 탈탈 털어서 드라마 캠프 마지막 기수에 지원서를 넣었대. 우리는 늘 표현이 서툴지? 그래도 모두 누나를 사랑해. 그리고 누나……. 누나도 우리를 사랑하는 거지, 그렇지?"

누나가 또다시 눈물을 흘렸다.

"바보같이 그런 걸 묻니, 바보야!"

"바보 같은 바보라니……? 너무 바보 같은 말이잖아."

그제야 우리는 한바탕 웃음을 터뜨렸다.

"그 할아버지도 참 대단하다. 너 같은 애를 보트에 태우다니!"

가슴이 뜨끔했다. 하지만 이제 사실을 말해야 했다.

"사실 할아버지는 거기 없었어."

"그럼? 너 혼자 배에 태워 보냈다고? 그 할배, 제정신이니!"

"아니, 할아버지는 거기에 살고 있지 않아."

누나의 두 눈이 휘둥그레 커져 있었다. 푸키 누나의 시선이 내 전두엽을 꿰뚫고 있었다.

"너, 이제까지 거짓말했던 거야?"

"거짓말은 아니지! 평행 우주에서는 원래 그러니까!"

말은 그렇게 했지만, 심장이 두근거렸다.

"누나……, 엄마랑 조앤 아줌마가 이해해 줄까?"

푸키 누나는 한동안 아무 말이 없다가 가까스로 입을 열었다.

"난 이해해. 내가 두 분한테 잘 설명할게."

"고마워."

하지만 누나가 내 말을 제대로 이해했는지는 의문스러웠다. 바로 그때…….

"걱정 마. 백 퍼센트 이해했으니까."

순간 우주가 안도의 한숨을 폭 내쉬는 것 같았다. 누나가 내 마음속 말을 듣다니, 이건 정말 마법이다!

경찰 아저씨의 연락을 받은 엄마와 조앤 아줌마가 버스 터미널로 달려왔다.

"우리 딸, 고맙다! 무사해 줘서 고마워!"

엄마가 누나를 와락 끌어안았다.

"그런데 줄리안, 넌 대체 여기를 어떻게 왔니?"

"엑스 할아버지한테 보트가 있었거든요. 아줌마네 소방서에서 로잉 머신했던 기억을 되살려서 보트가 부서지도록 노를 저었어요."

나는 조앤 아줌마를 향해 최대한 능청스러운 목소리로 답했다.

"시아치타노 씨가 데려다주셨다고? 할아버지는 어디 계신데?"

내가 막 조앤 아줌마의 물음에 답하려고 할 때, 엄마의 품에서 누나가 풀려났다. 이번에는 조앤 아줌마가 "나도 한번 안아 보자, 우리 공주님." 하며 푸키 누나를 꼭 끌어안았다.

긴긴 포옹 뒤에 조앤 아줌마가 다시 나에게 물었다.

"그래서 엑스 할아버지는 지금 어디 계시다고?"

그때 격렬한 통증이 내 심장을 강타했다. 나는 그대로 허리를 숙이고 푹 고꾸라졌다.

"줄리안?"

뭔가가 심장을 사납게 움켜쥐는 듯한 통증이 느껴졌다. 너무 아파서 숨을 쉴 수가 없었다. 정신이 몽롱해졌다. 이번에는 단순한 공황 발작이 아닌 것 같았다.

"119 불러!"

엄마가 비명을 질렀다.

"심장 발작이에요! 서둘러 주세요! 심장 질환이 있는 아이예요!"

조앤 아줌마가 휴대폰 저편으로 다급하게 외쳤다. 푸키 누나는 웅크린 채 두 팔로 나를 감싸 안고서 울면서 속삭였다.

"살아야 해! 살아야 해! 넌 살아야 해!"

내 머릿속에서도 똑같은 주문이 되살아났다.

'넌 살아야 해, 넌 살아야 해, 넌 살아야 해.'

호수를 건널 때도 들었던 엑스 할아버지의 음성이었다. 덕분에 나는 푸키 누나를 다시 만날 수 있었고, 우리 가족 모두 한자리에 모일 수 있었다.

'넌 살아야 해, 넌 살아야 해, 넌 살아야 해.'

아직은, 아직은 죽고 싶지 않았다. 가족들에게 큰개자리 찾는 법을 미리 가르쳐 줬어야 하는데!

'넌 살아야 해, 넌 살아야 해, 넌 살아야 해.'

엑스 할아버지에게 벌집 성단을 가르쳐 주었더라면. 그래서 할아버지가 줄리아 할머니와 대화를 나눌 수 있게 되었더라면!

'넌 살아야 해, 넌 살아야 해, 넌 살아야 해.'

이다음에 나는 할아버지와 다시 만날 수 있을까? 엑스 할아버지는 어느 별로 올라가게 될까? 생각이 거기에 이르는 순간, 숨이 딱 멈췄다. 그래, 그렇다. 죽어 가는 사람은 내가 아니었다. 엑스 할아버지였다.

"엑스 할아버지, 엑스 할아버지가 위험해!"

나는 목소리를 있는 대로 쥐어짜서 푸키 누나에게 말했다.

푸키 누나가 울음을 그치고 나를 바라보더니, 홱 돌아서서 엄마의 휴대폰을 낚아챘다. 그러고는 엑스 할아버지의 전화번호를 확인한 뒤 검색창에 지역 번호를 검색했다.

"플로리다주, 세인트 피터스버그예요!"

"뭐?"

조앤 아줌마가 물었다.

"엑스 할아버지 주소요! 심장 발작을 일으킨 사람은 할아버지예요! 줄리안이 아니고요!"

"대체 무슨 소리야?"

조앤 아줌마가 다시 물었다.

"일단 세인트 피터스버그에 사는 시아치타노 씨 앞으로 119를 불러 주세요! 빨리요!"

푸키 누나가 소리쳤다.

"제발요!"

나도 아직 아픈 심장의 통증을 억누르며 겨우겨우 목소리를 내어 애원했다.

조앤 아줌마가 다시 119로 전화를 걸어 "플로리다주, 세인트 피터스버그, '시아치타노'라는 이름의 주소지 앞으로 119 지원을 바란다!"고 소리쳤다.

'살아야 해요, 살아야 해요, 살아야 해요.'

나는 눈을 감고 마음속에 할아버지의 모습을 그렸다. 잠시 후,

조앤 아줌마가 외쳤다.

"그쪽에 구급차가 도착해서 시아치타노 씨를 태우고 갔대!"

드디어 내 심장 박동이 정상으로 돌아왔다. 통증이 사라졌다. 나는 크게 숨을 내쉬었다.

버스 터미널에도 119 구급대가 도착했다. 이미 난 몸 상태가 말짱해진 뒤였다. 엄마는 허탕을 치느니 심전도 검사라도 해 달라고 고집을 피웠다. 물론 결과는 정상이었다. 조앤 아줌마는 동료 구급대원들과 경찰 아저씨에게 감사 인사를 전했다.

경찰 아저씨는 나와 악수를 한 다음, 푸키 누나에게 "반바지는 새로 사는 편이 좋겠구나."라고 귀띔했다. 푸키 누나는 자신이 입고 있는 청바지를 한번 내려다보고는 영문을 모르겠다는 표정을 지으며 경찰 아저씨를 쳐다보았다. 하지만 아저씨의 경찰차는 이미 잽싸게 출발한 뒤였다. 반바지에 관해서는 내가 나중에 푸키 누나에게 따로 설명을 해 줘야 할 것 같았다.

"엑스 할아버지는 병원에 잘 도착했고, 다행히 증상이 호전되고 있대. 근데 줄리안, 넌 시아치타노 씨가 심장 발작을 일으킨 걸 어떻게 알았니?"

조앤 아줌마가 물었다.

"그냥 감으로요."

"푸키, 넌 그분이 플로리다주에 계시다는 걸 어떻게 알았고?"

이번에는 엄마가 물었다.

"엄마 휴대폰 연락처에 할아버지 번호가 저장되어 있던데요? 지역 번호를 보고 알았지요."

"내내 옆집에 계신 거 아니었나?"

엄마가 여전히 이해가 가지 않는다는 얼굴로 두 팔을 쳐들었다.

나는 끙 하고 신음 소리를 냈다. 푸키 누나가 내 손을 꼭 잡고 입을 열었다.

"엑스 할아버지는 우리가 이사 온 뒤, 이쪽 집에서 지낸 적이 한 번도 없어요."

"무슨 소리야? 올여름 내내 줄리안이랑 함께 지냈는데?"

"자, 여기서 엑스 할아버지 직접 본 사람 있어요?"

푸키 누나가 한쪽 손을 번쩍 들며 물었다.

엄마와 아줌마가 서로를 마주 보며 천천히 고개를 저었다.

"잠깐, 그럼 시아치타노 씨가 줄리안의 상상 친구라는 거야?"

"조앤, 그게 무슨 소리야! 내가 전화 통화할 때 옆에 있었으면서!"

"바로 그거예요. 근데 직접 만나 본 적은 없잖아요, 그렇지요?"

푸키 누나가 대화를 주도해 나갔다.

"그게……, 근데 계속 통화는 했는데……."

"맞아요, 엄마. 엄마가 그 할아버지랑 얘기한 거 맞아요. 전화로요. 할아버지는 실존하고 있고, 플로리다주에 살고 계시지요."

누나가 어린아이를 가르치듯 차근차근 풀어 설명했다.

"잠깐, 그렇다고 해도 줄리안과 시아치타노 씨는 서로에 대해 어떻게 그렇듯 잘 아는 건데?"

엄마 말에 누나가 어깨를 으쓱였다.

"줄리안이 편지를 몇 통 썼잖아요. 엄마도 그 할아버지한테 줄리안 얘기를 잔뜩 늘어놓았고요."

"그럼 줄리안, 너는 시아치타노 씨에 대해 어떻게 알았니?"

모두의 시선이 나를 향했다. 기분이 묘했다. 가족들이 나를 한가운데 두고 내 이야기를 하는 것이……. 마치 내가 방 안의 코끼리가 된 듯한 기분이었다.

"전 할아버지네 집 안을 들여다봤어요. 거실 벽에 걸린 그림과 사진들을 보고 할아버지랑 할머니, 또 개에 대해 알게 되었어요. 선박 사진을 보고서 할아버지가 뱃사람으로 일했다는 것도 알아차렸고요. 변호사 아저씨가 그랬잖아요, 아내가 죽었다고. 그래서 마음을 다쳤다고요. 전 할아버지가 외로울 테니까 친구가 필요할 거라고 생각했어요."

엄마는 나를 뚫어져라 쳐다보았고, 조앤 아줌마는 폭발 직전의 머리를 보호하려는 듯 두 손으로 머리를 감싼 채 두 눈을 질끈 감았다.

"그럼, 네가 그 할아버지와 직접 대화한 적은 없다는 거네? 믿을 수가 없어!"

"아줌마가 믿든 말든, 과학은 아무 상관 안 해요."

푸키 누나가 닐 타이슨 관장님과 같은 생각을 하다니! 이건 마법이다!

"과학이라니? 그런 건 과학이 아니지!"

조앤 아줌마가 머리를 감싸고 있던 손을 내리면서 말했다.

"과연 그럴까요? 평행 우주 이론인가, 그런 거랑 비슷할 텐데요?"

푸키 누나가 나를 향해 눈썹을 치켜올리며 미소를 지었다. 나도 미소를 지으며 고개를 끄덕였다.

"그냥 받아들이자고요. 줄리안은 항상 이런 식이었어요. 다른 사람들은 할 수 없는 것들을 줄리안은 보고 느낄 수 있다고요. 그게 줄리안의 마법이에요."

나는 푸키 누나를 끌어안았다. 누나도 나를 안아 주었다. 엄마와 아줌마가 우리를 한꺼번에 안았다.

"그래, 중요한 건 지금 우리가 함께 있다는 거지."

"맞아. 우리는 행복한, 미치도록 행복한 가족!"

세 사람은 나를 가운데 놓고 미치도록 행복한 포옹을 했다.

그 와중에도 나는 짬을 내어 유니 센싱을 발휘했다. 엑스 할아버지에게 명상 문구를 보낸 것이다.

'할아버지 인생이 앞으로 평안하기를, 그리고 할아버지가 빠른 시일 내에 비행기를 타고 우리를 만나러 오기를⋯⋯.'

FART! … 평행 우주

우리 자신의 삶과 아주 닮은 또 다른 우주!

깜짝 선물

이틀 뒤 엄마와 나, 조앤 아줌마는 반가운 전화를 받기 위해 부엌에 모였다. 휴대폰을 스피커폰으로 전환하자, 늙고 힘이 없지만 다정한 목소리가 흘러나왔다. 웃음이 났다. 평행 우주에서 듣던 목소리와 똑 닮았다.

엑스 할아버지는 아직 병원에 머물고 있지만 몸이 회복되면 우리 집을 방문하겠다고, 또 빠른 시일 안에 증축 철거 소송도 취하할 생각이라고 했다.

"……제가 아드님에게 목숨을 빚졌으니까요."

엑스 할아버지가 말했다.

"할아버지, 보트 망가뜨려서 죄송해요."

"괜찮다. 다시 만들 때 도와줄래? 같이 완성해서 호수로 타고 나가자꾸나."

나는 웃음기가 싹 가셨다.

"그건……."

"안 된다는 대답은 사양한다."

할아버지는 평행 우주에서와 똑같이 고집쟁이였다.

"안 된다는 대답은 우리도 사양한다."

조앤 아줌마가 킥킥 웃었다. 간호사가 "안정을 취하려면 이젠 그만 전화를 끊고 쉬셔야 해요."라고 말하는 소리가 들렸다. 우리는 엑스 할아버지와 작별 인사를 나누었다.

전화를 끊고 난 뒤, 조앤 아줌마는 배를 타 보는 건 특별한 경험이 될 거라고 강조했다.

"아줌마는 선원 생활이 그리우실 때가 있어요?"

내 질문에 엄마 입에서 들릴 듯 말 듯한 신음 소리가 흘러나왔다.

"그게 무슨 소리니?"

조앤 아줌마는 이 뜬금없는 소리는 무슨 뜻이냐는 듯한 표정을 지었다.

"비밀인 것 같아서 묻지 않았지만, 이미 다 알고 있었어요. 아줌마는 한때 뱃사람으로 일하면서 욕이란 욕은 죄다 마스터하셨다면서요!"

"누가 너한테 그런 말을 해 주었는데?"

"엄마요!"

"아하, 미셸? 내가 뱃사람으로 뭘 마스터했다고?"

"조앤, 네가 욕을 좀 많이 하길래 살짝 화가 나서 한 말이었어."

엄마가 그냥 해 본 소리였다니!

"그렇다면 좋아. 전직 선원으로서 시아치타노 씨와 함께 줄리안의 혹독한 수영 선생이 되어도 좋겠지!"

조앤 아줌마가 짓궂은 웃음을 흘리면서 말했다. 맙소사!

"잠깐! 시아치타노 씨가 제안한 게 또 하나 있잖아?"

이번에는 조앤 아줌마가 웃음기를 싹 거두었다.

"뭐? 그건 절대 안 돼."

그러더니 입술을 잘근잘근 깨물며 화가 난 표정으로 자리를 떠났다. 엄마는 한숨을 폭 내쉬었다.

"시아치타노 씨가 우리에게 개를 입양해 보는 게 어떻겠냐고 하시더라. 나는 마음이 조금 바뀌었지만, 아줌마는 끝내 반대할 모양이야."

엄마가 나를 부엌 식탁에 앉히고 설명을 덧붙였다.

"조앤 아줌마가 너만 했을 때 사랑하던 개가 있었대. 그런데 그 개가 아버지 차에 깔려 죽고 말았단다."

"아씨우감마노……."

"그게……. 조앤 아버지는 늘 술에 취해 살았대. 심각할 정도로 말이야. 그런 사고가 벌어졌을 때도 만취 상태였다고 하더라."

"아, 그래서 아줌마 구급낭에 술병이……!"

"무슨 소리니?"

"명상할 때 보였거든요. 아줌마가 술병이 가득 든 구급낭을 메고 있는 모습이요."

"그래……, 그건 조앤 아줌마가 짊어진 짐이란다."

나는 고개를 끄덕였다.

"아줌마네 개, 정말 안됐어요. 아줌마 아빠도요."

"나도 그렇게 생각해."

엄마가 나를 꼭 안아 주었다.

요사이 푸키 누나는 얼굴을 보기가 어려웠다. 내게 새 천체 망원경을 사 주겠다며 아르바이트로 베이비시터를 시작했기 때문이다. 누나와 나는 다시 친구가 되었다. 알고 보니, 누나는 블랙홀이나 암흑 에너지가 아니라 오르트 성운이었다. 혜성의 수많은 핵을 품은 태양계의 맨 바깥 껍질 말이다.

푸키 누나는 나를 위해 혜성을 찾아 주고 싶었나 보다. 땅바닥을 굴러다니는 돌멩이들이 진짜 혜성은 아닐지라도. 뭐, 나 역시 나만의 혜성을 찾겠다며 벼르고 또 별렀지만. 이제는 나도 혜성에 집착하지 않는다. 오늘도 열심히 메시에 천체 목록에 새로운 별자리를 추가할 뿐이다. 이제 막 사자자리 M65와 M66을 적어 넣은 참이다.

순간 어디선가 개 짓는 소리가 우렁차게 울려 퍼졌다. 방금 마당으로 들어온 조앤 아줌마의 스바루 아웃백 자동차에서 들려오는 소리였다.

나는 날다시피해서 사다리 밑으로 내려갔다. 엄마도 깜짝 놀라 집 밖으로 뛰쳐나왔다.

"웬 개야?"

"웬 개예요?"

"내가 무슨 짓을 한 거지?"

조앤 아줌마가 차에서 내리면서 어깨를 으쓱했다. 차 뒷문을 열자 커다란 검정색 래브라도가 뛰어내렸다. 녀석은 다짜고짜 내게로 달려들어 몸과 얼굴을 핥아 댔다. 나는 그 밑에 깔려 버둥댔다.

"조앤 아줌마! 제가 검정색 래브라도를 좋아하는 줄 어떻게 아셨어요?"

"네 친구가 알려 줬지."

"엑스 할아버지가요?"

"응, 연습 좀 하니까 나도 텔레파시가 되던데?"

"정말로요?"

내가 눈을 휘둥그렇게 뜨자 조앤 아줌마가 고개를 저으며 웃음을 터뜨렸다.

"실은 전화 통화를 했단다, 꼬맹아."

조앤 아줌마가 손으로 내 머리칼을 흐트러뜨렸다.

시리우스가 내 뺨을 핥았다. 나는 시리우스의 얼굴을 붙잡고 똑

바로 쳐다보았다. 녀석은 하나부터 열까지 내가 꿈꾸던 사랑스러운 개의 모습을 하고 있었다. 질질 흘리는 침, 양쪽 귀 위로 곧추선 짧은 털 뭉치. 눈은 하나의 우주 같았다.

가만히 보고 있으면 닐 타이슨 관장님이 해설하는 다큐멘터리 시리즈 〈코스모스〉의 오프닝 시퀀스가 떠올랐다. 밤하늘이 비친 호수가 사람의 까만 동공과 오버랩되던 장면이…… 지금 이 순간이 마법적 순간이 아니라면, 대체 무엇을 마법이라고 할 수 있을까?

FART! … 눈의 마법

우리가 같은 사물이나 장면을 바라볼 때 정말로 같은 시각적 체험을 하고 있다고 확신할 수 있을까? 눈동자를 교환할 수 없는데 누가 이것이 정답이라고 주장할 수 있을까? 핀지랩이라고 하는 태평양의 작은 섬에는 흑백으로만 색을 인지하는 색맹인들이 살고 있다.

만약 나도 흑백으로만 보이는 세상에 산다면 색깔이라는 게 뭔지 궁금해하지조차 못했겠지? 이렇듯 우리는 우리가 알지 못하는 게 무엇인지도 모른 채 살아가고 있다. 하지만 흑백 영화를 볼 때조차 영화에 푹 빠지면 총천연색 화면을 상상하게 되는 것처럼, 색맹 환자들도 나름의 특별한 세상을 보고 있는지도 모른다. 이 또한 마법 같은 일이다.

조앤 아줌마가 시리우스를 위해 사 온 장난감들을 멀리 던졌다. 테니스공 하나가 호수 안으로 빠졌다. 시리우스는 1초의 망설임도 없이 테니스공을 쫓아 바람처럼 호수로 날아들었다. 눈으로 보고도 믿기 어려운 광경이었다.

호수로 뛰어든 시리우스는 컹컹 짖고 원을 그리며 헤엄을 쳤다.

"와, 물을 엄청 좋아하네?"

엄마가 말했다.

"내 개도 저랬어."

나는 조앤 아줌마의 손을 꼭 잡았다.

"참! 푸키 누나한테는요? 얘기하신 거예요?"

엄마와 조앤 아줌마가 서로를 쳐다보다 동시에 고개를 저었다.

시리우스는 푸키 누나가 베이비시터 알바를 마치고 집으로 돌아올 때쯤에야 물 밖으로 나왔다. 한바탕 요란하게 물기를 털어 내더니, 푸키 누나에게로 가서 얌전히 앉았다. 그러더니 푸키 누나의 손을 핥았다.

"개……?"

푸키 누나가 손을 뒤로 뺐다.

"우리, 개 키워요?"

시리우스가 푸키 누나의 다른 쪽 손을 핥았다. 그러고는…… 현관으로 뛰어가 푸키 누나의 물안경을 물고 돌아왔다.

"어? ……고마워."

"너랑 수영하고 싶은 모양이야."

조앤 아줌마가 말했다.

"이상하네. 얘가 지금 저한테 윙크하는 거 맞아요?"

"정말? 내 개도 그랬는데!"

조앤 아줌마가 맞장구를 쳤다.

"잠깐만요. 아줌마는 개 키우는 거 괜찮으세요? 아줌마 어렸을 적에 그런 일이 있었는데도?"

누나가 이렇게 묻자, 아줌마가 어깨를 으쓱했다.

"뭐, 저 애를 보니까 레오가 다시 돌아온 것 같아."

나는 정말 놀랐다. 레오는 내가 아까 메시에 천체 목록에 사자자리를 추가할 때 우리 집에 도착을 한 셈이었다. 레오는 바로 사자자리가 아닌가!

"개 이름을 시리우스 레오로 해야겠어요!"

그때 엄마가 심각한 얼굴로 누나에게 물었다.

"푸키, 우리 집에 개가 있어도 괜찮겠어?"

시리우스 레오가 푸키 누나를 보고 또다시 윙크했다.

"어, 재채기가 안 나와. 알레르기가 사라졌나?"

그 말이 떨어지기가 무섭게 시리우스가 누나 발치에 물안경을 떨어뜨렸다.

"우린 이만 수영하러 가야 할 것 같은데요?"

성가시다는 듯 툭 내뱉었지만, 누나 얼굴에는 웃음이 가득했다.

별자리 파티

나는 지금 어스름이 내리는 호숫가 선착장에서 엑스 할아버지를 꼭 끌어안고 앉아 있다. 시리우스가 물속에서 동그란 원을 그리며 헤엄을 쳤다.

"줄리안, 너는 내가 심장 발작을 일으킨 걸 어떻게 알았니?"

"우주의 마법이라고나 할까요."

"내가 코를 감싸 쥐는 버릇이 있는 건 어떻게 알았고?"

나는 몸을 살짝 뺀 뒤 할아버지의 얼굴을 올려다보며 말했다.

"사진만 봐도 알겠던데요? 콧구멍 안에 숭숭 난 코털 때문에?"

엑스 할아버지가 크흐음 목 긁는 소리를 냈다. 하지만 그 소리에서 노여운 기색은 전혀 느껴지지 않았다.

"다른 것들은……. 알았다. 마법이라는 거지?"

"우주의 마법이요."

나는 미소를 지으며 말했다.

"그래그래, 우리 할멈이…… 별에서 눈을 흘기겠구나. 할멈이 살아 있을 때, 난 아무것도 알아차리지 못했지. 새 옷을 사도, 소파 천을 바꿔도, 생일이라고 대놓고 힌트를 줘도……."

"괜찮아요. 이제는 할아버지도 유니 센서니까, 할머니의 신호를 감지할 수 있을 거예요."

"그렇게 되겠지?"

엑스 할아버지가 호수 너머 아득히 먼 곳을 바라보며 미소를 지었다.

엑스 할아버지가 그리워한 건 호수의 경치가 아니라, 줄리아 할머니였고 가족이었다. 그리고 우리 가족은 할아버지의 가족이 될 수 있을 것이다. 정자은행을 통해 세상에 나온 우리 남매가 진짜 가족을 이루었듯이.

시리우스가 물 밖으로 뛰쳐나오더니 도로가로 내달렸다. 거기에는 푸키 누나가 누군가를 기다리는지 먼 곳을 바라보며 서 있었다.

"누가 오나? 개들은 언제나 사람보다 먼저 알아채더구나."

할아버지 말에 나는 푸키 누나에게로 달려갔다. 나는 새로 산 수영복 바지 차림이었다. 하늘처럼 파란, 달리 말하면 물처럼 파란 수영복. 그나저나 수영복이라니, 이런 걸 입게 될 줄은 꿈에도 몰랐다! 누나도 검은색 수영복 반바지를 입고 있었다.

상의는 우리 둘 다 조앤 아줌마가 선물해 준 티셔츠를 입었다. 앞면에 "당신이 믿든 말든, 과학은 사실을 말한다."고 적혀 있었다. 그동안 일어났던 일들을 조앤 아줌마가 실제로 믿고 있는지는 모르겠지만, 적어도 그 말에는 아줌마 역시 깊은 감명을 받은 모양이었다.

시리우스가 내게로 다가와 몸을 기댔다.

"누구 기다리는 거야, 누나?"

"곧 알게 돼."

시리우스가 누나 손을 핥자, 누나가 시리우스의 양쪽 귓등을 긁어 주며 "그 사람들이 꼭 오면 좋겠는데."라고 혼잣말을 했다.

이윽고 부르릉 소리가 나더니 지프차 한 대가 나타났다. 푸키 누나가 두 팔을 들고 흔들자, 지프차가 집 앞에 멈춰 섰다. 시리우스가 컹컹 짖었다. 지프차에서 할머니 두 분이 내리더니, 우리에게로 다가왔다. 처음 보는 사람들인데 푸키 누나는 아무렇지도 않게 그 사람들과 포옹을 나누었다.

"나는 트리에스테 시아치타노란다."

"아, 엑스 할아버지의……."

나는 깜짝 놀라 입을 다물 수가 없었다.

"여동생이지. 그리고 여긴 내 동반자, 베스고."

"이럴 수가! 할아버지도 두 분이 오시는 걸 알고 계셨나요?"

"우리는 연락을 끊고 산 지 오십 년이 넘었단다. 사실, 다시 만나도 대화를 할 수 있을지 자신이 없구나."

"걱정 마세요! 할아버지가 성격은 좀 까칠해도 마음씨는 좋은 분인걸요."

내가 말했다.

"내가 알던 그 양반이 맞구나."

트리에스테 할머니가 인자한 표정으로 말했다.

푸키 누나가 두 사람의 등을 엑스 할아버지가 있는 쪽으로 떠다밀었다. 이 집으로 이사를 온 이튿날, 나더러 얼른 할아버지에게 다녀오라고 했던 것처럼.

시리우스가 앞장서 할머니들을 이끌고 엄마와 아줌마, 할아버지가 모여 있는 곳으로 갔다.

우리는 멀찌감치 떨어져서 그 모습을 지켜보았다.

"어떻게 오십 년 동안이나 연락을 끊고 살 수가 있지?"

"엑스 할아버지가 동생의 결혼을 반대했던 모양이야. 그 시절에 동성혼은 흔치 않았으니까."

"이젠 할아버지 생각도 옛날이랑 많이 바뀌었을 거야."

"트리에스테 할머니도 할아버지가 달라졌을지도 모른다는 걸 확인할 필요가 있고."

어른들은 숨을 죽인 채 어색한 악수를 나누었다. 하지만 조앤 아줌마의 농담에 웃음이 빵 터진 뒤에는, 서로서로 포옹을 나누더니 아주 긴 대화가 시작되었다.

"휴……."

우리 남매는 안도의 숨을 내쉬었다.

"근데 누나, 트리에스테 할머니를 어떻게 찾았어?"

"인터넷으로. 뭔가 보람 있는 일을 하겠다고 엄마랑 약속을 하고서 유심 칩을 탈환했거든. 제일 먼저 우리 민박집 홈페이지를 만들어서 온라인으로 예약을 받을 수 있게 한 뒤……."

"와!"

"페이스북에서 할아버지 동생을 찾았지. 단 2분 만에!"

"헉!"

"나도 알아. 하지만 신상털이랑 동급으로 취급하지는 마."

"물론이지. 근데 누나…… 아빠도 찾아볼 거야?"

푸키 누나가 어깨를 으쓱했다.

"어쩌면? 당장 절실한 건 아니지만."

안도감과 행복감이 밀려왔다. 이럴 때 내 심장은 미소를 짓고 있겠지?

"누나가 사 준 내 '삐까뻔쩍'한 천체 망원경 볼래?"

"좋아, 애송아."

우리는 천체 망원경이 있는 호수 선착장으로 천천히 걸어갔다. 오늘은 구덩이에 모닥불을 피워야 해서 천체 망원경을 선착장에 설치했다. 모닥불은 멋지게 타오르고 있었다. 어둠이 내려앉을수록 불꽃이 더욱더 밝게 튀어 올랐다.

시리우스가 우리를 따라오더니, 선착장 끝에서 끝까지 신나게 뛰어다니다 물속으로 첨벙 뛰어들었다. 나도 언젠가 저렇게 할 수 있을까?

처음으로 푸키 누나가 내 천체 망원경을 들여다보았다.

"나한테 이걸 왜 이제야 보여 준 거니?"

아씨우감마노! 나는 속으로만 그렇게 내뱉고는, 푸키 누나에게 메시에 천체에 대해 설명했다.

FART! … 메시에 천체

우리는 살면서 메시에 천체보다 특별한 뭔가를 찾기 위해 많은 시간을 허비한다. 메시에 천체는, 존재 그 자체로 충분히 멋지고 놀라운데 말이다.

"그럼 카시오페이아자리는 어디야?"

누나가 부드럽게 물었다.

나는 천체 망원경의 방향을 카시오페이아자리 쪽으로 틀어 주었다. 푸키 누나가 천체 망원경을 오랫동안 들여다보았다.

어른들도 우리에게 다가왔다. 그리고 차례차례 밤하늘을 관측

했다.

"오늘 밤에는 아주 많은 걸 배우는구나!"

트리에스테 할머니가 말했다.

"나도."

엑스 할아버지가 말했다. 사실, 엑스 할아버지는 오랜만에 만난 여동생에게서 눈길을 떼지 못하고 있었다. 그러니까 천체 망원경을 들여다본 시간은 그닥 길지 않았다.

"새벽에는 큰개자리를 보여 드릴게요."

내가 말했다.

"새벽에는 자야지."

푸키 누나가 말했다.

"난 새벽에 일어나서 볼래. 난 큰개자리가 좋아."

엄마 말에 물속에 있던 시리우스가 컹컹 짖었다.

"이건 마법이야."

조앤 아줌마가 말했다.

스모어를 만들어 먹기 위해 모두들 모닥불 근처로 이동했다. 천체 망원경 옆에는 엑스 할아버지와 나만 남았다.

나는 천체 망원경으로 외할아버지가 머물러 있을 야생 오리 성단을 보았다. 그러자 외할아버지가 옆구리를 쿡 찌르듯, 엑스 할아버지가 무얼 하고 있는지 보라고 신호를 보냈다. 엑스 할아버지를 돌아봤더니, 글쎄……. 별들을 바라보며 뭔가를 입속으로 중얼대

고 있었다. 내가 그 모습을 보고 히죽히죽 웃자, 엑스 할아버지가
크흐음 소리를 냈다.

"줄리아 할머니와 이야기하셨어요?"

내가 물었다.

"저리 가서 스모어나 먹자."

엑스 할아버지가 툴툴거렸다. 하지만 그렇게 말하는 할아버지
얼굴이 살짝 상기되어 있었다. 일자로 다문 입가에서는 미소가 피
어났다.

"마시멜로는 태우지 말고."

엑스 할아버지가 한쪽 눈을 찡긋하며 말했다.

나는 우뚝 멈추어 서고 말았다. 어쩌면 엑스 할아버지가 내 외할
아버지가 아닐까? 하지만 그건 별로 중요한 문제가 아니었다. 엑스
할아버지는 지금 나와 함께 여기 있고, 우리는 이제 친구가 되었
다. 진짜 가족이나 다름없었다.

나는 모닥불 주위에 둘러앉은 사람들을 바라보았다. 푸키 누나
가 나를 보고 스모어를 높이 쳐든 채 흔들었다. 나는 엑스 할아버
지의 손을 잡고 오리온 성운처럼 달아오른 모닥불 곁에 둘러앉은
가족에게로 갔다. 새로 태어난 별들처럼 수많은 불티들이 어두운
밤하늘로 톡톡 튀어 오르다가 이내 사그라졌다.

우주의 마법과 미친 가족과 나

첫판 1쇄 펴낸날 2019년 9월 19일
2쇄 펴낸날 2020년 5월 20일

지은이 캐스린 어스킨 **옮긴이** 전경화
발행인 김혜경 **편집인** 김수진
주니어 본부장 박창희
편집 길유진 진원지 문새미
디자인 전윤정 정진희
마케팅 노현규 이혜인
경영지원국 안정숙
회계 임옥희 양여진 김주연

펴낸곳 (주)도서출판 푸른숲
출판등록 2003년 12월 17일 제406-2003-000032호
주소 경기도 파주시 회동길 57-9, 우편번호 10881
전화 031) 955-1410 **팩스** 031) 955-1405
홈페이지 www.prunsoop.co.kr **이메일** psoopjr@prunsoop.co.kr

ⓒ 푸른숲주니어, 2019
ISBN 979-11-5675-245-5 44840
       978-89-7184-419-9 (세트)

• 잘못된 책은 구입하신 서점에서 바꾸어 드립니다.
• 본서의 반품 기한은 2025년 5월 31일까지입니다.

이 도서의 국립중앙도서관 출판예정도서목록(CIP)은 서지정보유통지원시스템 홈페이지(http://seoji.nl.go.kr)와 국가자료공동목록시스템(http://www.nl.go.kr/kolisnet)에서 이용하실 수 있습니다. (CIP제어번호 : CIP2019035074)